La pasión de
MARÍA MAGDALENA

JUAN TAFUR

La pasión de
MARÍA MAGDALENA

Planeta

Cubierta: *Magdalena* (detalle), óleo de José de Ribera

© 2005, Juan Tafur
© 2005, Editorial Planeta Colombiana S. A.
Calle 73 N° 7-60, Bogotá

Colombia: www.editorialplaneta.com.co

ISBN: 958-42-1305-9

Primera edición: agosto de 2005

Impreso por Quebecor World Bogotá

A Matilde y Álvaro.

PALESTINA EN TIEMPOS DE JESÚS

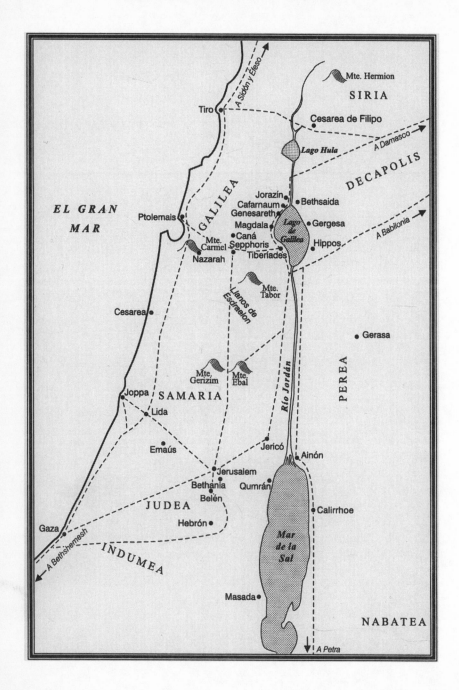

«Pedro dijo a Mariam:

—Hermana, sabemos que el Maestro te amó más que a las demás mujeres. Dinos aquellas palabras que te dijo y que recuerdes, que tú conoces y que nosotros no hemos escuchado.

Mariam respondió diciendo:

—Lo que no os está dado comprender os lo anunciaré...».

Códice de Akhmim, 5, 5-7, fechado
alrededor del siglo II

«Otras muchas cosas hizo Jesús. Si se escribieran una por una, me parece que en el mundo entero no cabrían los libros que podrían escribirse».

Juan 21, 25

I

«De Egipto llamé a mi hijo».
OSEAS 11, 1

I

Era la víspera del primer día de Sukkot, cuando comienza la estación de la alegría. Bajo la cancela del templo se elevaba el barullo de los corderos y las palomas del sacrificio, y los gritos de los vendedores se confundían con el pregón de bienvenida a los peregrinos que venían de Hebrón y Jericó, desde Indumea y Galilea. Los niños corrían ofreciendo tirsos de palma y varitas de mirto y, en las plazas y los tejados, los carpinteros daban los últimos retoques a las enramadas para la fiesta. En la glorieta del jardín las vírgenes que debían volver a casa habían acabado de coser sus túnicas nuevas. Pero bajo mi túnica, yo aún llevaba el rasgón de luto que me había hecho el año anterior. Llevaba la tristeza.

Ana, la maestra del templo, me había llamado a su cuarto unos días antes, cuando bordaba el hilo escarlata que me había tocado en suerte. Tenía casi setenta años y estaba quedándose ciega, pero me conocía desde que me habían ofrecido al templo, cuando apenas repetía las letras. Sus ojos se detuvieron justo a la altura del rasgón, luego en el ovillo entre mis dedos.

—Tendrás que acabar de bordarte la túnica para la luna nueva de Tishri.

Conocía mis silencios, aunque ya no pudiera verme el rostro. Por la ventana de su alcoba asomaba aún el sol de verano de Elul, pero los días más cortos de Tishri estaban muy cerca.

—Sabes que no puedes quedarte —murmuró—. No puede ser.

En primavera, después de la pascua, se habían cumplido los trece meses de duelo desde el día del entierro. Yo había llevado el rasgón todo el verano, como si por ese hecho la rueda del cielo pudiera detenerse. Ana había intercedido para que pudiera quedarme en el templo hasta las fiestas de la cosecha. Pero después de las fiestas tendría que volver a casa como las otras, o el sumo sacerdote me buscaría un marido entre los pretendientes de las tribus.

Sin embargo, ¿qué casa era la mía? Entre tinieblas, recordaba un patio con un pozo y un rosal, donde una voz me advertía que no tocara las espinas. Había vuelto el año anterior para el entierro, pero entonces las tinieblas estaban también sobre mis ojos. Me habían llevado en un carro de asnos hasta la gruta, para que no cruzara ningún umbral distinto del umbral del templo. Martha, mi hermana mayor, me había conducido de la mano por entre los desconocidos. Habían desfilado todos delante de mí, pero tan sólo recordaba sus pies en el sendero. Al atardecer, estaba de vuelta en la glorieta.

Ni siquiera había llegado a ver a mi hermano Lázaro, porque la noticia lo había alcanzado en Alejandría. Estaría a su cuidado cuando acabaran las fiestas de Sukkot. Si comparecía bajo la cancela con los otros pretendientes, no podría reconocerlo. En el recuerdo, era su voz la que me advertía que no tocara las espinas.

Me dejé caer en la silla y el ovillo escarlata resbaló al suelo. Ana buscó a tientas mi rostro y me secó las lágrimas.

—Caminarás con la frente en alto —dijo, levantándome la barbilla—, como las hijas de Benjamín.

Pensé que llevaba la camisa rasgada también por ella, porque después de Sukkot quizá no volviera a verla.

—En cuanto deje esta casa de Dios estaré muerta.

La voz se le quebró:

—No sabes lo que dices.

II

Al otro día, temprano, Ana me mandó fuera con las lavanderas. Aún había que adornar el candelabro y sacar brillo a las trompetas para la fiesta de las mujeres, pero lo había hecho los años anteriores y prefería no hacerlo otra vez. Desde la víspera, mis compañeras correteaban por los pasillos, riendo y cuchicheando sobre los pretendientes. Las mayores se habían restregado nardo entre los pechos, aunque a duras penas los veríamos desde la cancela. Con las lavanderas podía estar en silencio, sin que nadie se extrañara por mi melancolía. Judith, la esenia, me había sentado también en su regazo cuando apenas sabía andar. Nos custodiaba Efrén, el jebusita que traía la leña a la glorieta.

Desde el monte del templo, Jerusalén era un oasis de verde, atestado de animales y viajeros. Las puertas y las ventanas estaban cubiertas de guirnaldas y en las azoteas se levantaban los cobertizos de hojas de palmera, en recuerdo de las que nuestros padres construyeron en el desierto. Los carpinteros habían erigido una enramada enorme en la Puerta del Pez, para que los peregrinos comieran y durmieran, y otra más pequeña cruzando la Puerta de la Fuente. Por el camino de Jericó, los carromatos de las procesiones levantaban polvo, cargados de vino y aceite, bajo las faldas oscuras del monte de los Olivos. Más allá, a donde no llegaban los ojos, estaba Bethania, la casa de mi madre muerta.

Bajamos por la muralla antigua y nos adentramos en el gentío. En los alrededores del mercado las calles estaban cada vez más llenas y acabamos arrinconadas bajo un soportal, apretándonos las unas contra las otras. Efrén abrió paso voceando que veníamos del templo. En la Puerta de la Fuente, justo debajo del arco, un buey de cuernos dorados había tropezado y no podía levantarse. Los romanos de la guarnición lo azuzaban con sus lanzas en medio de los lamentos de los dueños, que habían traído al buey indemne desde Indumea para el sacrificio. En un momento, el animal dio un empellón y volvió a caer mugiendo de terror. Judith me abrazó contra su pecho. Sin querer, vi la pata rota, con el cuero desgarrado, el hueso en carne viva.

Cuando llegamos al prado de las pozas, me senté temblando en una piedra. Judith me dio tres semillas de cardamomo y las mastiqué despacio, sintiendo todavía que me faltaba el aliento. Los mugidos se habían ahogado tras el barranco, pero, en cuanto cerraba los ojos, veía otra vez la herida y la mirada desesperada del buey, el desconsuelo de los indumeos. Los levitas del templo encontrarían otro animal con los huesos sanos para completar el sacrificio de los trece bueyes de los meses. Sin embargo, Sukkot había comenzado con mal presagio para Indumea. Habría un mes de desgracia entre los trece.

Empecé a serenarme con el rumor del agua y el sol que despuntaba entre las palmeras del huerto de David. A la orilla de la poza grande, las lavanderas vaciaban sus cestos entretenidas con el parloteo de Efrén, que presumía de haber visto una vez al ángel que agitaba el remolino. Los enfermos que bajaban a esperarlo se habían quedado en Jerusalén, donde tendrían techo y comida los ocho días de la fiesta. En la otra orilla de la poza, unas mujeres charlaban en voz baja, sentadas en un círculo sobre la hierba. Por las voces y las ropas, se notaba que eran forasteras. Quizá no supieran que en la fiesta el agua estaba prohibida, salvo para las lavanderas del templo.

Efrén se percató de mi curiosidad. Era ocurrente y desvergonzado, como muchos jebusitas.

—Son esenias como Judith, que están celebrando su sabbath —se volvió hacia Judith—: ¿no saludas a tus hermanas?

Judith le respondió con una mueca de desdén. Me di cuenta de que había cambiado un gesto con una de las mujeres, que estaba sentada en medio de las otras y llevaba un largo manto de lino.

—Celebran las fiestas en otros días —prosiguió Efrén, y añadió luego con burla —: como si no fueran las mismas fiestas.

Los jebusitas celebraban las fiestas de Sukkot en honor de Eva, la madre de las cosechas. Ana decía también que eran los habitantes más antiguos de Jerusalén, aunque ignoraran las escrituras. La palabra de las escrituras también era para ellos.

Cuando me sentí más aliviada, fui a dar un paseo por la orilla. La mujer del manto me sonrió desde lejos, pero fingí que estaba distraída. Volví a pasar de largo, camino del arroyo por el que las fuentes del templo desaguaban en Siloé. Volvió a sonreírme. Tenía los ojos grandes y oscuros, y cuando sonreía se encendía en ellos la lucecita de la felicidad. Sin embargo, ¿dónde podía haberla visto antes? Judith jamás recibía visitas en el patio y, hasta donde sabía, las esenias tampoco venían por el templo. Nunca había pensado que Judith lo fuera, aunque todas la llamábamos así.

Me senté de nuevo a descansar del otro lado del barranco. El sol se había elevado por encima de las palmeras de David, y sus rayos eran todavía rayos de Elul, recios y calientes. En el agua del arroyo, los destellos me descomponían el rostro. Me volví a marear y recordé los ojos del buey enrojecidos por la agonía. Sentí las piernas húmedas, como si me hubiera salpicado con el agua aunque no había cruzado el arroyo. La punzada que me doblaba el vientre era conocida.

La mujer apareció bajo el barranco cuando me incorporaba agarrándome a las piedras. Me había mordido los labios para no llamar, pero se me había escapado un grito. Se acercó, extendiendo la mano. Su voz tenía la cadencia cantarina de las mujeres de Galilea:

—Ven conmigo, hija.

III

Por las mañanas el sol se alzaba despacio, dibujando en la cama la sombra de la higuera. Volvía a asomar por la tarde, por entre las cortinas del umbral: los guijarros de la glorieta parpadeaban bajo los arreboles, como en un sueño. Las trompetas de los levitas me habían llegado también entre sueños, la noche de la fiesta de las mujeres. Más tarde había oído los ladridos de los perros, exaltados por el humo de los sacrificios. Ana había velado a mi lado, pero las siguientes noches sólo se había asomado al umbral, cuando creía que me había dormido. Yo estaba impura, pero no enferma.

Estaba ahora otra vez allí, junto con la desconocida de Siloé. También ella había venido varias veces, a mirarme desde lejos. Una tarde la había visto sentada en la glorieta, con la cara vuelta hacia el monte de los Olivos. Los levitas de la guardia no le habrían franqueado las puertas si fuera una simple peregrina, o una esenia, como decía Efrén. Tal vez Judith o el propio Efrén la hiciera entrar por la puerta de la leña. Me tendí de costado, atisbando por entre las cortinas. Hablaban de mí.

—Es delicada —decía Ana—, como el lirio de los valles.

—Como el lirio entre las espinas, así es mi amor, cantaba Salomón —recitó la desconocida.

Su voz me retintineó en los oídos, como en el barranco de Siloé. El rostro de Ana estaba en sombras, pero supe que sonreía.

—Veo que no has olvidado tus lecciones.

—¿Cómo podría olvidarlas si las aprendí de mi maestra?

Se abrazaron como si acabaran de encontrarse. Ana le acarició a tientas la mejilla.

—Tampoco yo he dejado de recordarte. Menos aún con ella aquí... ¿has visto su cara?

La mujer suspiró y susurró algo que no llegué a entender. Cerré los ojos antes de que Ana entreabriera las cortinas.

—Eres tú, cuando estabas con nosotras.

—Yo misma ya no soy la de entonces, madre.

—Lo sé, hija.

Esperé con los ojos cerrados, hasta oír sus pasos en las piedras. Vi luego sus sombras por el sendero, abrazadas la una a la otra. La mujer me había llevado también así en el barranco, dándome ánimos cuando trastabillaba por la cuesta. De vuelta en las pozas, había recostado la cabeza en su regazo, mientras Judith y Efrén corrían a nuestro encuentro. Recordé su rostro moreno envuelto en el manto, y busqué mi rostro en la jofaina, cuando asomó la luna nueva. Nunca sería igual de hermosa. Tampoco tendría nunca su voz.

En el séptimo día Sarah, la criada, trajo las sábanas de lino para lavar las otras de las noches de impureza. Me levanté y fui hasta la cancela, donde mis compañeras contemplaban la danza de los tirsos. Los levitas giraban batiendo las ramas de palma, mirto y sauce, hacia el este y hacia el oeste, hacia el norte y hacia el sur, hacia el cielo y hacia la tierra. El aire del patio palpitaba con el grito de las bendiciones y el olor de las ramas más pequeñas de la cidra. Los peregrinos danzaban más allá en los seis rumbos, alzando las manos una y otra vez. Parecía que estaban despidiéndose.

IV

La mañana de la partida, Ana me llevó de la mano a la antesala del sumo sacerdote. Había estado allí sólo una vez, en la primavera anterior, cuando la noticia de Bethania había llegado al templo. Entonces traía los pies descalzos y el pelo enmarañado, el rasgón recién hecho en la camisa. Hoy llevaba la túnica escarlata y las sandalias lustradas con pez. Sarah me había hecho la larga trenza de las hebreas.

La mujer estaba ante el escabel, al lado de un anciano de cabellos grises. Sabía por Ana que estaría allí, y que vendría acompañada, pero había pensado que su marido sería más joven. Por un momento imaginé que, después de todo, era Lázaro que había venido a recogerme. Pero el anciano no tenía edad para ser mi hermano, si acaso mi padre, si mi padre hubiera vivido. Sobre los hombros llevaba un manto fino de Bozrá, y sus manos apretaban un báculo de pastor. Las mangas del manto estaban roídas.

El sumo sacerdote leyó el papiro que el escriba sostenía ante sus ojos. Levantó la vista:

—¿Eres tú el José de Belén que consta en este censo?

—Lo soy.

El escriba se sobresaltó porque el anciano no había llamado «santidad» a Anás.

—Ha vivido casi veinte años en Bethshemesh, santidad, en Egipto. Pero ese es su nombre.

El sumo sacerdote frunció el ceño. El nombre de Bethshe-mesh, la ciudad del templo blasfemo, habría sido suficiente para encender su ira.

—¿Están al día sus tributos? —preguntó al tesorero, que aguardaba a su espalda.

—Pagó nueve siclos antes de Sukkot. Era su deuda por esos años.

El escriba le enseñó un nuevo papiro. Anás miró al anciano de hito en hito, como si aún no estuviera satisfecho.

—José de Belén, José de Belén... —repitió, sosteniendo en vilo el sello del templo sobre el nuevo papiro del escriba—. Por un momento te confundí con otro, José de Belén. Pero tendrías que estar muerto.

Se encogió de hombros, y estampó el sello. Me pareció que murmuraba entre dientes: «En Egipto».

El escriba se volvió para leer la declaración:

—Por esta acta, José de Belén, te entrego la custodia de esta virgen del templo de Jerusalén...

Anás lo interrumpió con impaciencia.

—Saben por qué están aquí... —se volvió hacia Ana—. ¿Por qué la niña aún no ha saludado a sus familiares?

Me acerqué a la mujer y la besé en la mejilla, siguiendo las instrucciones de mi maestra. Hice la reverencia delante del anciano. Nos inclinamos los tres ante el escabel, para recibir la bendición del sumo sacerdote, y sentí un escalofrío cuando sus dedos se detuvieron en mis sienes.

Cuando salimos al patio, la mujer me tomó las manos entre las suyas. Me miró con sus grandes ojos negros:

—Soy Mariam.

—Y yo... también me llamo Mariam. Mariam de Magdala.

El anciano parecía menos viejo bajo el sol de la mañana. Levantó sonriente el báculo.

—Vendrás con nosotros, Mariam Magdalena.

V

Las murallas de Jerusalén se alzaban contra el cielo, por encima del torrente del Kidrón. En lo alto del templo, los pináculos centelleaban con los vaivenes del camino, encendiéndose y oscureciéndose, como hojas de luz. Los pendones de la Torre Antonia ondeaban más allá, hacia donde las nubes empezaban a juntarse. De este lado del torrente el camino rodaba plácido, desgranando árboles y rocas, olivos polvorientos. En la curva del molino, José tiró de las riendas para que admiráramos la ciudad. La ventana con la higuera había desaparecido hacía largo rato tras la mole de las murallas. Miré al frente.

Mariam viajaba sentada a mi lado, con la cabeza inclinada bajo el manto. De vez en cuando, me tomaba de nuevo de las manos. Sus dedos eran pequeños y fuertes, y su cuerpo olía a sal y a trigo, como los ácimos de la pascua. En los escalones del patio, Ana y Judith la habían abrazado llorando, haciéndole prometer que volvería a visitarlas. Su partida parecía dolerles tanto como la mía.

—¿Quién es? —le había preguntado a Judith, mientras ella y Sarah me ayudaban con el equipaje.

Sarah me había traído ya los rumores que corrían entre las criadas. Sabía que Judith no querría hablar delante de ella.

—Una como tú —contestó Judith—. Además, se te parece.

Los colores se me subieron a la cara al ver que Sarah disimulaba una sonrisa. Según el rumor, Mariam había sido famosa en su época porque conocía las escrituras como un rabí, cantaba como un ángel y era la virgen más bella que había pisado el templo. Sin embargo, un día había quedado encinta y había tenido que esconderse en Hebrón, entre los kenitas. Sarah era sólo una niña cuando había ocurrido todo. Mi padre aún no me había traído al templo.

Tampoco Ana me había dicho mucho más:

—Es una prima de tu padre. Una princesa benjamita como tú.

Insistí en saber por qué debía marcharme con ella. ¿No podía venir mi hermana Martha? ¿Y Lázaro? ¿Por qué no venía?

—No ha vuelto de su viaje, como te dije. Y tu hermana Martha no tiene un marido que pueda hacerse cargo de ti —añadió irritada—. Sólo te pido que vayas con ellos hasta Bethania. No es ni una hora de camino.

El carro dio un envión y me percaté de que Mariam había alzado el rostro. Le sonreí y bajé los ojos, dejándome arrullar por el traqueteo de las ruedas. Recordé otra vez la entrevista con el sumo sacerdote, bajo las cortinas de terciopelo de la antesala. ¿Sabría él que había venido por mí la virgen Mariam? ¿Por eso desconfiaba de José? Contemplé la espalda encorvada del anciano, que azuzaba ahora mismo a los asnos con las riendas. Me pregunté si sería el padre del hijo que según el rumor había tenido Mariam. Si ella era una princesa benjamita, su hijo debía ser también un príncipe. José no parecía precisamente un rey, a pesar de su mirada noble y su viejo manto de Bozrá.

Los paisajes empezaron a hacerse conocidos cuando nos adentramos en el otro valle del monte de los Olivos. Bajo las rocas, la hierba florecía otra vez entre los árboles, y los campesinos apilaban ya las ramas secas para las hogueras. Mariam volvió a tomarme de las manos y me señaló con los ojos el sendero de la encrucijada. Más allá, se avistaba ya el hilo de humo, el portal entre los cipreses. Martha había aparecido en lo alto de la cuesta, flanqueada por dos hombres. Quizá fueran los sirvientes.

Los asnos enfilaron solos por la cuesta y redoblaron el paso para volver a sus establos. En el portal, Martha se precipitó por los escalones y me abrazó antes de que nos detuviéramos. Me di cuenta de que el llanto se me había ido agolpando en el pecho todo el camino desde Jerusalén. Miré luego a los hombres, sin perder las esperanzas. El anciano José los había abrazado, besándolos en las mejillas, pero ninguno se había vuelto para darme la bienvenida. Llevaban la barba y el pelo sin cortar, y la túnica blanca de los ascetas.

VI

En el primer patio, el granado seguía dando fruto pasada la estación. Las cortinas de los umbrales eran nuevas, pero en los nichos descansaban las lámparas con las que jugábamos a asustarnos cuando caía la tarde y las sombras se alargaban en el suelo. La cocina estaba al fondo, con los leños astillados y el revoloteo de las cenizas, arriba el comedor, con la mesa de Canaán y los jazmines de la pérgola. Los rincones de la casa volvían uno tras otro a mi memoria, a medida que Martha me llevaba por los pasillos. En las habitaciones había susurros, rostros que asomaban por entre las cortinas. Esperé hasta que estuvimos solas para preguntarle quiénes eran los otros huéspedes. Había entendido que Mariam y José se quedarían.

—Son amigos de Lázaro que han venido para recibirlo cuando llegue de su viaje.

No pude esconder un gesto. ¿Por qué él no había venido a recibirme también a mí? No estaba ya en Alejandría, según me había dicho Ana, sino cruzando el mar de la Sal, en el desierto de Perea.

—Ha estado en el desierto todos estos años —dijo Martha circunspecta—. Él también ansía verte.

Martha era diez años mayor que yo y me trataba como a una niña. Le había gustado hablar siempre con misterios.

Cuando la criada subió con el equipaje, empecé a sentirme cansada y las emociones del viaje se abatieron sobre mí. Me senté sola delante del arcón, después que Martha se marchó, y me tendí luego en la cama, dejando que mis ojos vagaran por las paredes. Había estado más de una vez en ese mismo cuarto, siendo niña, cuando mi madre aún guardaba el luto por mi padre. En el recuerdo, había una vela encendida junto a la cama y siempre estaban cerradas las cortinas. Me acerqué a la ventana y las abrí, y vi abajo el patio del estanque y el sendero del rosal.

Por la tarde, salí a dar un paseo por el jardín. Había caído dormida sobre el lecho y desperté sólo a mediodía, cuando la criada trajo una bandeja con pan y aceite, dátiles y cidras. Pensé en Sarah, que debía estar cruzando la glorieta, llevando los rumores a las otras vírgenes del templo. Tras la ventana, las nubes seguían oscureciéndose por encima de las colinas que escondían Jerusalén.

En el patio del estanque, las ranas croaban anunciando la lluvia por venir. Sin embargo, al sur el sol había encontrado un claro, y la hierba brillaba más verde entre los árboles. Caminé por el sendero del jardín, respirando la fragancia de los cipreses. En la encrucijada, hice un alto delante de la senda más estrecha que llevaba a las grutas del mausoleo. Esperaría también a Lázaro para acercarme al sepulcro de mi madre y dejar la piedrita del duelo delante de la gruta. Estaría en casa en un par de días. Era lo que Martha me había dicho.

En el arco de los rosales volví a detenerme. Uno de los ascetas estaba sentado en la fuente, junto al rosal, mirando hacia el sendero. Pero no era uno de los ascetas. La túnica blanca parecía casi azulada, como las sábanas del templo. Llevaba el pelo y la barba peinados con aceite. Tenía los hombros anchos y las manos pequeñas y fuertes. El sol le brillaba sobre la frente. Sentí un estremecimiento, como si un panal de abejas me zumbara en el pecho. Me acerqué sin alzar la vista.

Esperó a que llegara a su lado para hablar. Su voz era clara y sonora, como el agua de la fuente:

—«Hermosos pies calzan tus sandalias, hija de reyes».

Me ruboricé y pensé en volver atrás. Mis ojos se detuvieron en sus dientes blancos. Por un momento dudé de que hubiera recitado el verso.

—La paz sea contigo.

—Y contigo sea la paz.

Bajo la suela de las sandalias, sentía cada uno de los guijarros del sendero.

—Yo soy Isa.

Lo decía a la manera de los galileos. No Yoshua, sino Isa. Yo había adivinado ya quién era, por sus ojos y su sonrisa.

—Y tú eres Mariam, la hermana de Lázaro.

Era yo quien debía haberlo dicho. Tampoco le había dado la bienvenida, aunque desde esa mañana la casa de Lázaro era mi casa. Parecía que yo fuera la huésped y él fuera el dueño.

—No has comido —murmuré, sin saber qué más decir.

—Tampoco tú —respondió Isa—. O no estarías en el jardín.

—Estaba dormida, y desperté… Ya era tarde.

Isa sonrió, como si le hiciera gracia mi turbación.

Me apoyé en el borde de la fuente y tracé un surco en la tierra con el pie. En el estanque, las ranas croaban aún más fuerte. Una gota de llovizna había caído ya en una rama y resbalaba despacio hacia la tierra.

—Tengo que entrar… ¿Vienes conmigo?

—Iré más tarde. Gracias, Mariam.

Caminé hasta el sendero, esperando oír sus pasos tras los míos. En la encrucijada hice un esfuerzo para no volverme, por miedo a que me siguiera con la vista. Las gotas de la llovizna salpicaban ya en el estanque, pero apenas podía sentirla por el incendio en las mejillas. Los versos de Salomón me resonaban aún en la cabeza, pero no como me los había enseñado Ana, sino en tumultos y remolinos:

Hermosos pies calzan tus sandalias, hija de reyes.
Tus caderas torneadas son joyas
Del más hábil de los torneros.

Estaba dormida, pero mi corazón ya había despertado:
Tu voz tocaba a mi puerta
Abre, hermana mía, mi amor, mi paloma,
Mi frente está cubierta de rocío,
Mis cabellos son negros como la noche.

VII

A la mañana siguiente salí de nuevo de paseo. Subí más tarde al comedor, pero encontré tan sólo a Martha y a Mariam, que estaban acabando de tomar sus alimentos. Esperé a que se marcharan para atisbar desde la baranda de la pérgola. En los mosaicos del patio, las sombras de las columnas se disipaban bajo el sol. El viento recorría los senderos, arrastrando las primeras hojas doradas de la higuera. Al final de la tarde, volví al rosal. Isa tampoco estaba allí.

Encontré a Mariam hilando un pañuelo al pie de una de las columnas. Los mosaicos estaban ya en sombras porque aún no habían encendido las lámparas, pero sus ojos apenas bajaban a la tela cuando remataba la puntada, atando el hilo en forma de estrella por el anverso. Me detuve a unos pasos, admirada de su habilidad, y recordé que había aprendido a coser y a hilar en el templo, bajo los sabios consejos de Judith. El roce de la aguja alcanzaba a oírse en el silencio.

Pregunté por José cuando levantó la mirada. No me habría atrevido a preguntar por Isa.

—Han ido todos a Qumrán. Volverán mañana a mediodía.

En el templo había oído hablar de Qumrán, el monasterio donde los monjes esenios vivían en ayuno y penitencia. Quizá los ascetas de la víspera habían hecho allí el voto de no cortarse los cabellos. Quizá Isa fuera también uno de ellos, aunque llevara el pelo peinado con aceite y hubiera hablado conmigo en el jardín. En el monasterio y sus alrededores estaban prohibidas las mujeres.

—Fueron a ver a Juan, el hijo de mi prima Isabel. A conocerlo, en realidad, porque Isa y él no se han visto desde que eran niños…

Mariam se dio cuenta de que asentía sin entender.

—Disculpa, hija… Por momentos siento que te conozco, pero tú me has conocido apenas ayer.

Me contó que, cuando era joven, ella y su prima habían quedado encinta casi a la vez. Su prima había dado a luz un varón y lo había llamado Juan, del que se apiada Dios, porque era estéril y el cielo se había compadecido de ella. También Mariam había parido un varón. Le había puesto Isa. Los niños se habían separado, porque Isabel vivía en Hebrón y ella y José se habían marchado a Bethshemesh. Desde entonces no se habían visto.

—Ya debe ser un hombre. Como Isa.

En la voz de Mariam había un eco de emoción. Me pregunté si ella y José habrían vuelto a Judea tan sólo para visitar a Juan, el de Qumrán, y a mi hermano Lázaro. ¿Se marcharían de nuevo a Bethshemesh, después de pasar apenas unos días en Bethania? Recordé la historia que Sarah me había contado en el templo.

—Ahora hemos vuelto —prosiguió Mariam, como si escuchara mis pensamientos—. Viviremos cerca de Sepphoris, donde vivíamos antes. Tenemos una casa con un huerto, a los pies del monte Carmel. Detrás del huerto hay un manantial que trae agua al pozo… —su voz casi cantaba de alegría—. Es vuestra casa. Lázaro y tú tenéis que venir a vernos.

En el fondo del patio la criada encendía las lámparas con la cerilla larga. Pero en mi corazón se había posado otra vez la sombra de la melancolía. Sepphoris estaba en Galilea, del otro lado de Samaria. Era casi tan lejos como Egipto.

Las palabras brotaron solas de mis labios. Sabía que no debía pronunciarlas, porque Martha había dicho que Lázaro me
lo explicaría todo él mismo. Ya estaban dichas.

—Ana, la maestra del templo, dijo que eras prima de mi
padre.

Mariam asintió despacio, como si contemplara aún en la
distancia la casa y el huerto. La mano con la aguja se detuvo
sobre la tela.

—Su madre era prima de mi padre.

Esperó a que la criada pasara con la cerilla. Volvió a hablar
de repente:

—Tu padre fue el mejor amigo que tuvimos. No acabaría
de contarte lo que hizo por nosotros.

VIII

El sereno había pasado anunciando la segunda vigilia de la noche. Nos habíamos sentado bajo la pérgola, pero ninguna había tocado los platos. De vez en cuando, Mariam tomaba un dátil y se demoraba largo rato con él entre los dedos. El perfume de los jazmines se levantaba en oleadas con el viento de la noche. Martha se había ido a dormir.

—Cuando murió Herodes el Grande, antes que tú nacieras —empezó Mariam—, hubo una época de conjuras y rebeliones. Primero fue Simón, el esclavo de Herodes, que se puso él mismo la diadema hasta que lo crucificaron en Jericó. Después vino Atronges, un pastor de Emaús alto y fuerte y que tenía cuatro hermanos tan altos como él. Declaró que era el Mesías, y la gente lo siguió porque no querían a los hijos de Herodes, que estaban en manos de los romanos… ¿Conoces la historia?

En el templo, había oído hablar de Atronges, el falso Mesías que había defraudado las esperanzas de Israel. Judith lo mencionaba con desprecio, pero sus peores odios estaban reservados para Herodes. Lo llamaba el hipócrita y el pagano indumeo, a pesar de que era él quien había construido el templo. Ana la había hecho callar más de una vez. Entre las vírgenes había hijas de saduceos, a los que Herodes había puesto en el sanedrín.

—Nosotros vivíamos en Carmel, pero las noticias llegaban a Sepphoris, adonde José iba a trabajar. Nos creíamos a salvo de las luchas y de las represalias de los romanos, pero los galileos también estaban descontentos, y el descontento fue mayor cuando Augusto ordenó un censo para cobrar impuestos sobre las tierras. Fue entonces cuando apareció Judas, el hijo de Ezequías, que decía que la tierra no era de Augusto sino de Dios. Muchos empezaron a seguirlo a él, incluso algunos de Carmel, que vivían con nosotros. Asaltaron Sepphoris para robar las armas y proclamaron que Judas era el Mesías. El emperador mandó a las legiones de Siria y arrasaron la ciudad. Hubo más de dos mil crucificados.

Esperé en silencio, porque Mariam se había quedado mirando hacia el jardín. Ni Judith ni Ana habían hablado nunca de Judas, el hijo de Ezequías. ¿Habrían creído ellas que era el Mesías? ¿Lo habría creído José? Cuando Mariam volvió el rostro, estaba menos pálida. Lanzó un suspiro.

—Por fortuna, José había decidido que nos empadronáramos en Belén, porque su abuelo era de la casa de David. Yo estaba encinta de ocho meses y di a luz en el camino, y entonces tuvimos noticias de Galilea. Emprendimos el retorno, aunque teníamos miedo de volver. Cuando llevábamos una jornada de viaje, pasamos por Bethania y un hombre salió a nuestro encuentro y nos advirtió que los romanos buscaban a José. Nos escondió y nos dio posada, a sabiendas de que corría peligro aunque era un hombre rico. Fue un ángel del cielo.

Las palabras de Mariam habían ido llenándome de emoción. Sus ojos se habían quedado clavados en lo oscuro, hacia donde el camino bordeaba los cipreses. Entendí quién había sido el ángel. Ya no hacía falta que ella lo dijera.

—Ese hombre era mi padre.

—Era tu padre.

—¿Fue él quien os llevó a Egipto?

Mariam tomó un dátil. Bebió un sorbo de aguamiel.

—José conocía a un maestro de Bethshemesh, que había estado en Carmel, y tu padre pensó que también él debía ausentarse hasta que las legiones regresaran a Siria. En realidad, quería venir con nosotros porque había hecho el viaje y conocía sus peligros. Sabía que solos estaríamos perdidos.

Murió en ese viaje, cuando la caravana ya volvía hacia Judea, a los pies del monte Sinaí. Era lo que me había contado Martha, cuando le pedía que me hablara de él. Había visto la losa del sepulcro, el año anterior, cuando el levita me había traído en el carro del templo para el día del entierro. Estaba allí, tras el cruce del sendero, del otro lado del jardín.

Mariam se percató de que las lágrimas me corrían por las mejillas. Las secó con su manto y me pasó el brazo por el hombro. Juntó luego mis manos, una palma contra la otra. Cerré los ojos, al ver que cerraba los suyos. Su voz fue creciendo como un arrullo, por encima del susurro del viento:

Shema Yisrael Adonai Eloheinu Adonai Echad
Shema Yisrael Adonai Eloheinu Adonai Echad
Shema Yisrael Adonai Eloheinu Adonai Echad...

No sé cuántas veces recitamos la oración. Cuando me levanté, tenía la frente húmeda, como si la hubiera tocado el rocío.

IX

La llovizna comenzó por la mañana, cuando escrutaba el horizonte desde la pérgola. Después de mediodía, el agua caía en largos hilos como si hubiera llegado el mes de Heshvan. Por el camino, un hombre había pasado en un asno rumbo a Jerusalén. Más tarde, había visto un carromato de leñadores y una carreta cargada de olivas, escoltada por los labriegos. Llevarían su carga a la prensa de Getsemaní, para ofrecer el primer aceite al templo, con un puñado de harina y otro de sal. Era la ofrenda más modesta, el sacrificio de los humildes.

Encontré refugio en uno de los cuartos del frente, al lado de un brasero que ardía junto a la ventana. El viento del norte agitaba las cortinas, azotándolas con ráfagas de gotas. Por la curva del molino, otro carro asomó en lo alto de una cuesta y desapareció por entre las vegas. Más allá, las colinas se oscurecían como jorobas de camello, perdiéndose en la bruma hasta Jerusalén. En la glorieta, Efrén debía haber sacado el lienzo de cáñamo para proteger su leña del aguacero. Recordé el carromato de leña que había visto más temprano en la encrucijada. Por el recodo del camino no había vuelto a pasar nadie.

Isa y José debían de haberse quedado en Qumrán para evitar el barro y el agua del camino. Por la parte del Jordán el cielo estaba aún más negro, como si hubiera tormenta en el mar de la Sal. Tampoco Lázaro podría embarcar, si estaba aún en la otra orilla, en el desierto de Perea.

—Vendrá para el sabbath —me había dicho Martha, cuando me vio atisbando bajo la pérgola.

Faltaban tres días y dos noches. Pero, ¿cuánto más podía esperar? Ni siquiera sabía ya qué podría decirle cuando estuviéramos por fin juntos. Tras la conversación de la víspera, las preguntas se me arremolinaban en la cabeza. ¿Había conocido él a José en Egipto, cuando vivía en Alejandría? ¿Conocía también a Isa? Lázaro era apenas un niño cuando mi padre se había marchado con ellos a Bethshemesh. Sin embargo, había mandado a José y a Mariam por mí al templo. Debía conocerlos bien.

El carro que había visto a lo lejos se acercaba ya a la encrucijada. El carretero hizo un alto como si alguno fuera a bajar, pero la rueda se desatascó y los asnos enfilaron por el sendero. Oí primero el grito de Martha en la galería. Luego, la voz de Mariam. Me sequé la frente con la mano temblorosa, volví a mirar hacia el carro y vi los asnos apretando el paso por la cuesta. En el pescante, dos hombres se encorvaban bajo un manto de lana.

El anciano José se sacudió el manto y soltó las riendas frente al portal. Su acompañante saltó a tierra y corrió hacia mí. Reculé al ver la túnica, la barba y los cabellos enmarañados. Por un momento, al mirar por la ventana, creí que era Isa. El extraño me tendió los brazos. Había contemplado su rostro muchas veces en los espejos.

—¿Por qué te entristeces, Mariam? Soy yo, tu hermano Lázaro. No temas.

Lo abracé y besé sus mejillas, secándome las lágrimas. Sentí en su pecho el olor del templo en invierno, cuando llovía en los patios y los corderos se agolpaban bajo la cancela. El anciano José me tomó la mano y la puso en la de Lázaro, como Ana me había dicho que ocurriría cuando le entregara mi custodia. Los dedos estaban tibios, aunque por el brazo le escurrían todavía gotas. Sus ojos me sonreían, y veía sonreír en ellos los míos.

Nos quedamos tomados de la mano mientras los huéspedes le daban la bienvenida. Más tarde fuimos por el sendero y nos arrodillamos juntos ante la gruta, para dejar las piedritas delante de los sepulcros. Por la parte de Jericó restallaban aún truenos, pero en Bethania el cielo empezaba a despejarse. Un ruiseñor cantaba en la rosaleda.

X

Al anochecer, Martha vino a buscarme para que fuéramos a la pérgola. Había venido más temprano, pero la trenza se me había deshecho y aún estaba anudándome los cintillos. En el patio del estanque, los últimos invitados se lavaban los pies y las manos, como los peregrinos en los días de purificación. Habían llegado en otro carro, por el camino de Jerusalén. Vestían los largos mantos negros y las tocas doradas de los saduceos.

José estaba sentado en el centro de la mesa, con una túnica blanca bajo su manto de Bozrá. A su lado, Lázaro sonreía y saludaba a los invitados que se acercaban a estrecharle la mano. Se había encontrado con José en Qumrán, cuando venía de regreso del desierto. Me lo había dicho en el jardín. Sin embargo, no me había explicado qué había ido a hacer allí. Me senté y miré de reojo hacia donde los recién llegados empezaban a sentarse. También ellos traían las túnicas blancas debajo de los mantos negros.

Me sobresalté al oír la voz de Mariam. Se había sentado a mi lado cuando estaba distraída.

—¿Qué puede inquietarte en la noche del regreso de tu hermano?

Sentí el calor de siempre en las mejillas. Contesté que mi alegría no podía ser más grande.

—Alégrate, entonces, para que recuerdes siempre este día.

Me sonrió con sus grandes ojos negros. Ya no podía mirarla a los ojos sin acordarme de los de Isa.

Cuando estuvieron todos sentados, apareció en el umbral un muchacho que había venido de Qumrán con Lázaro y con José. El anciano hizo un gesto y el muchacho volvió con un candelabro dorado de siete brazos, como la lámpara del templo. Lázaro lo ayudó a colocarlo y encendió los pabilos con la cerilla. Las conversaciones cesaron. Las ranas del estanque habían vuelto a croar, anunciando nuevos aguaceros.

El rostro de José me recordó por un momento el del sumo sacerdote. Pero en su mirada no había desdén ni desconfianza, tan sólo bondad y gentileza. Se enderezó en el banco, aclarándose la voz.

—Nuestro hermano Lázaro ha vuelto hoy a su casa, después de un año en Calirrhoe. Los hermanos de Perea nos envían con él su paz. También los hermanos de Qumrán, donde hemos estado juntos ayer.

Los presentes inclinaron la cabeza, como si saludaran en respuesta.

José tomó entonces el pan que tenía delante, lo bendijo, lo partió y le dio la mitad a Lázaro, diciendo:

—*Shalom*. La paz sea contigo.

—*Shalom* —respondió Lázaro después de comer un bocado—. Contigo sea la paz.

Mariam tomó el pan que había entre las dos y me ofreció la mitad. Repetimos sus palabras

José sirvió entonces su copa, se la dio a Lázaro y volvió a decir:

—*Shalom*. La paz sea contigo.

—*Shalom* —respondió Lázaro, después de beber un sorbo—. Contigo sea la paz.

También yo le di la paz a Mariam, después de beber de su copa. Alrededor de la mesa, todos los invitados habían hecho lo mismo.

Empezamos a comer en silencio. La conversación retornó poco a poco, a medida que la criada reponía las jarras y las fuentes. En el extremo de la mesa, uno de los visitantes levantó su copa en honor de Lázaro. Sus acompañantes entonaron una canción que había oído una vez en la cancela, para las fiestas de la pascua. El anciano José abandonó su gravedad y batió las palmas con las mujeres.

Cuando nos levantamos de la mesa, Martha me pasó un brazo por los hombros, igual que había hecho Mariam. Había buscado varias veces su mirada, pero sus ojos estaban puestos siempre en Lázaro. Me había sonreído, asintiendo con la cabeza, cuando José había bendecido el pan y el vino, para indicarme que debía seguir su ejemplo. Ahora sus ojos brillaban a la luz.

—Nuestro padre habría querido ver este día.

XI

Lázaro vino al umbral de mi cuarto para que bajáramos al patio del estanque. Habíamos hablado más temprano en la pérgola, hasta que vinieron a buscarlo a la hora de la oración. Más tarde, nos habíamos sentado juntos mientras los demás dormían la siesta. Me había contado tantas cosas que aún no estaba segura de haberlas entendido. También él hablaba por momentos como Martha, con misterios.

Le pregunté otra vez por el año que había estado en Calirrhoe, el monasterio de los esenios en el desierto de Perea. Había ido allí después de pasar el verano anterior con José y con Mariam, en Bethshemesh. Se habían conocido en Egipto, tal como yo había supuesto.

—Pero, ¿qué hacías allí, cuando no estabas rezando?

—Leía las escrituras. Ayunaba. También iba a buscar agua al pozo para traerla al monasterio.

—¿Pensabas quedarte para siempre?

Los novicios debían pasar un año de prueba, antes de hacer los votos para consagrarse al monasterio. Al cabo de ese año, Lázaro había resuelto volver a casa, con Martha y conmigo.

—Había hecho la promesa de quedarme un año. Por eso no pude ir a recogerte a Jerusalén.

De regreso había parado en Qumrán, confiando en encontrar allí a José. Sabía que, después de recogerme, iría con Isa a visitar a su primo Juan. También había pensado que llegaría más pronto a Bethania, porque José habría ido a Qumrán en el carro con los asnos y había cielo de tormenta.

—Estaba ansioso por verte. Pero llevaba un año sin ver a José. Tampoco había visto a Isa.

Sentí otra vez el calor en las mejillas, al oír el nombre del hijo de Mariam. Lázaro lo había conocido antes que a su padre, en la época en que había ido a vivir a Alejandría. José lo había enviado allí al enterarse de que Lázaro estaba en Egipto tratando con los mercaderes con los que solía tratar nuestro padre. Era José quien había mandado a Lázaro a Calirrhoe. Era él a quien mi hermano le había hecho la promesa.

—¿Entonces fuiste porque él te lo dijo?

—Fui porque José es mi maestro, Mariam. Ya te lo he explicado.

Ana, la maestra del templo, nunca me habría ordenado que pasara un año en el desierto, comiendo raíces y langostas. Tampoco entendía qué quería decir que José fuera el maestro de Lázaro. ¿Enseñaba en la sinagoga? ¿Era un rabí? La sinagoga de Bethshemesh no podía ser otra que el templo blasfemo que había oído nombrar tantas veces. Onías, el sacrílego, lo había levantado en Egipto después que lo expulsaron del templo de Jerusalén.

—¿Es un maestro de la ley?

Se lo había preguntado antes, cuando estábamos al borde del estanque. Lázaro sonrió, enternecido por mi insistencia.

—Para ser un maestro no basta enseñar en la sinagoga. Es un maestro de la ley verdadera, no de la letra muerta que recitan los fariseos.

—¿De la ley de los esenios?

Volvió a sonreír, cuando empezaba a temer que hubiera perdido la paciencia. No había querido decirme tampoco si era o no un esenio, ni si lo era José. Sin embargo, ambos llevaban la túnica blanca, la barba sin cortar, los cabellos sueltos. Yo misma había celebrado con ellos el sabbath, aunque en el templo no era el día del sabbath. Recordé las palabras de Efrén el jebusita en las pozas de Siloé: «Celebran las fiestas en otros días, como si no fueran las mismas fiestas». En el templo nunca había visto bendecir el pan y el vino como había hecho José.

—Lo celebramos en el día en que lo celebraban nuestros padres antes de marcharse a Babilonia —me había explicado Lázaro—. Cuando aún no se había perdido la ley verdadera.

Ana, la maestra del templo, no me había enseñado nada parecido.

Los ascetas de Qumrán eran esenios. También los monjes con los que Lázaro había vivido en Calirrhoe. José los había llamado sus hermanos en la cena de la víspera.

—Son nuestros hermanos porque guardan la ley igual que nosotros. Y nos cuentan como hermanos suyos. Pero tampoco se llaman esenios a sí mismos. A nosotros nos llaman los nazareos.

Le pregunté qué significaba la palabra.

—No soy yo quien debe decírtelo. Lo sabrás cuando llegue tu hora.

En el patio, los invitados que venían de Jerusalén empezaban a juntarse para la despedida. Llegarían a Jerusalén entrada la noche, cuando los guardias ya hubieran puesto las trancas en la Puerta de las Ovejas. No podían partir mientras hubiera luz, porque el día del sabbath no había acabado todavía. Aunque no fuera sábado, sino el quinto día de la semana.

Lázaro me tomó las manos entre las suyas. La penumbra había caído sobre el jardín.

—José es un hombre santo, Mariam. Nuestro padre fue su discípulo antes de que tú nacieras. Y ahora yo lo soy. No te pido que creas en él, ni que lo sigas, pero respétalo y quiérelo por amor a nuestro padre.

Vaciló antes de proseguir.

—Ha sido otro padre para mí. Su hijo Isa ha sido un hermano. Confío en que para ti también lo sean.

Aparté el rostro, confiando en que las sombras escondieran mis sonrojos.

—¿Veremos otra vez a Isa, ahora que ha hecho los votos en Qumrán?

Lázaro me miró desconcertado y se echó a reír:

—No creo que llegue a hacerlos, salvo que logre convencerlo su primo Juan. Mañana estará aquí.

XII

Regresó al tercer día, por la parte de Jericó. Lo vi a través del campo, en lo alto de una cuesta, hundiendo el cayado en la neblina. Lázaro salió a su encuentro y volvió solo, porque Isa había parado en el arroyo para purificarse. Entró al jardín al caer la tarde, cuando la criada encendía las lámparas. Su sombra se detuvo bajo mi ventana apenas un momento.

Por la mañana, lo encontré en la fuente de los rosales. Tenía la piel tostada por el viento, las mejillas enflaquecidas, como si hubiera ayunado con los ascetas. Los cordones de sus sandalias aún estaban cubiertos de barro. En la mano sostenía un ramito de romero.

Esperé a que levantara la vista. Las palabras me repicaban en los oídos desde que Lázaro me había anunciado que vendría:

—«Bendito seas, forastero, pues has traído la paz a esta casa».

—«Deja tu carga —recordó también Isa—. Encontrarás entre nosotros tu vergel».

También sus ojos parecían más oscuros. La luz brillaba aún en ellos, más distante, entristecida.

—Conoces bien las escrituras, Mariam.

—Las recitaba en Jerusalén. Con Ana, la maestra del templo.

Isa inclinó la cabeza con gesto de respeto. Me pregunté si habría ido alguna vez al templo, durante los años que había vivido en Egipto. José no lo trajo consigo cuando me recogió en Jerusalén.

Un gorrión pasó aleteando por encima de la fuente.

—¿Te ha ido bien en tu viaje a Qumrán?

Asintió. Se llevó el ramito de romero a la nariz.

—Qumrán es una casa de paz, como ahora lo es Bethania. Pero no gracias a mí, sino a ti y a tus hermanos.

Aspiró de nuevo el olor del romero y pensé que quizá habría querido quedarse allí, a pesar de lo que había dicho Lázaro. Era la hierba de los caminantes. Pero también la hierba del recuerdo. Eso sí lo había aprendido en el templo, aunque no con Ana, sino con Judith.

Caminamos por entre los rosales hasta que la criada me llamó a comer desde la pérgola. Isa me acompañó hasta el árbol del membrillo, en el patio del estanque. Era la hora en que José y Lázaro decían sus oraciones. También él debía ir. Mis ojos tropezaron con el ramito entre sus dedos.

—Lo cogí del otro lado del Jordán —dijo, ofreciéndomelo—, para que me acompañara por el camino.

Aspiré la fragancia. Me quedé con él.

Por la tarde, estaba esperándome en la rosaleda. Nos encontramos de nuevo al otro día, cuando ambos salíamos hacia el jardín. Sus mejillas recobraban el color a medida que se reponía del viaje. Sus ojos volvían a iluminarse, como la primera tarde junto a la fuente. Al enterarme de que regresaba de Qumrán, temí que no quisiera volver a verme. Pero tuve aún más miedo de no volverlo a ver. Quizá él nunca pudiera adivinar mis sentimientos.

Nos detuvimos junto al estanque cuando se acercaba la hora de despedirnos. Me contó cosas de Juan, su primo monje, el que había querido convencerlo de hacer los votos. Tampoco él me había dicho si era o no un esenio, pero me hablaba de su padre José y de sus discípulos de Egipto como si supiera lo que me había contado Lázaro. Se me ocurrió hacerle la pregunta que Lázaro no había querido responderme.

—Isa, ¿quiénes son los nazareos?

Guardó silencio, escrutando el horizonte. Hacia las colinas de Jerusalén, las nubes de lluvia escondían el atardecer.

—¿Llevas el *Shema Israel* en tu corazón, Mariam?

—«Escucha, Israel, Adonai es tu Dios, tu Dios es Uno».

Había recitado la oración en el templo todas las mañanas y todas las noches de mi vida.

Isa inclinó la cabeza. Volvió a hablar:

—Cuando los saduceos lo proclaman en las fiestas, oyen su voz por encima de todas las demás. Los fariseos escuchan las palabras, pero las repiten sólo porque está escrito que deben repetirlas. Pero, para quienes llevan las palabras en su corazón, es la voz de Dios la que llama, la voz de Adonai. Ellos son los nazareos, los verdaderos retoños de Israel. Escuchan la voz de Adonai llamándolos a su cobijo.

Su voz era grave y extraña, como la de los profetas de Elul en los días del arrepentimiento. Su rostro era ya una sombra bajo las ramas del membrillo. Recordé el abrazo que Lázaro me había dado en el portal. También en el pecho de Isa debía anidar el fragor de los patios del templo bajo la lluvia, el olor de los corderos.

—Guarda las palabras en tu corazón, Mariam.

Y sin embargo, Lázaro había tomado mis manos entre las suyas.

—Guárdame en tu recuerdo.

Por encima de las ramas, las lámparas ya estaban encendidas. Oí como un eco la voz de la criada. La mañana en que regresó a Qumrán, seguí el blanco de su túnica por las vegas y las colinas, hasta que estuvo muy lejos.

II

«Y lo llamarán el Nazareo».
MATEO 2, 23

I

Para la fiesta de Esther, Martha me regaló un pañuelo de lino de Egipto. Lo guardé en el arcón hasta Iyyar porque aún caían chubascos de primavera, y en Tishri seguía llevándolo aunque el viento del otoño me enfriaba la nuca. En el estanque el membrillo dio fruto y sus hojas se marchitaron con las heladas. El otoño pasó. Pasó el invierno. Las ramas de eucalipto ardieron otro año en los braseros.

Por el camino de Galilea, las golondrinas revoloteaban ahora en el cielo grande de la primavera. Habíamos dejado atrás el carro y avanzábamos a lomo de asno por las cuestas de Samaria. Había oído contar historias sobre la maldad de los samaritanos, que engañaban y robaban a los viajeros de Judea. Pero los pastores que nos encontrábamos tenían los pies descalzos y los rostros ingenuos como los nuestros. Lázaro los saludaba con la mano en alto y respondían desde lejos.

En la última cuesta la tierra se abrió en un llano que reverdecía hasta el mar azul. Del otro lado había otra vez colinas, cumbres brillantes por la nieve.

—La llanura de Esdraelón —anunció Lázaro—, donde Saúl combatió a los filisteos.

Lo decía con alegría, como si Saúl no hubiera caído en la batalla. Del otro lado, en las colinas, empezaba Galilea.

Al este, un monte se alzaba por encima de los otros. Levanté la vista hacia la cumbre cristalina.

—¿Es ya Carmel?

—Ese es Tabor, el monte sagrado. Carmel está allá.

Lázaro señaló hacia otro monte más bajo recortado contra el mar. Sus laderas se extendían a lo largo de la llanura, como si la tierra acabara en ellas. «El sendero está escondido entre las colinas», me había contado Mariam. «Encima de la aldea hay una roca desde donde se ve toda la tierra, desde el mar hasta la orilla del Jordán». En Bethania, me había prometido que un día iríamos juntas a la roca. Yo le había prometido que vendría a la aldea. Llegaríamos al día siguiente e Isa también estaría allí.

Y sin embargo, un temor oscurecía mi felicidad. Había empezado a rondarme desde que Lázaro me había anunciado el viaje. Revoloteaba a mi alrededor con cada paso que adelantábamos en el llano, como la sombra de las golondrinas.

—¿Estás seguro de que nos esperan? —le pregunté otra vez a Lázaro.

—Mandé el mensaje con los hermanos que vinieron de Qumrán. Deben de haber llegado hace días.

En el último tiempo paraban en Bethania cada vez más hermanos que iban o venían del monasterio. Pero Isa no había venido al final de su año de prueba. No había mandado ningún mensaje, ni siquiera un trozo de arcilla con su nombre, como los que le enviaban a Lázaro sus camaradas de Calirrhoe.

—¿También me esperan a mí? —insistí.

—Es a ti a quien desean ver —dijo Lázaro riendo y le dio una palmadita a su asno.

Tampoco él había sabido nada de Isa, aparte de que estaba ya en Galilea.

Al cabo del llano paramos en un pozo donde otros viajeros abrevaban sus bestias. Me dejé caer el manto sobre los hombros, acalorada por el sol de media tarde. Lázaro se quedó mirándome el pañuelo:

—Galilea es tierra de vientos —dijo con extrañeza—. Quizá tengas frío.

Me cubrí la cabeza, al percatarme de que también los viajeros me miraban. Lázaro me ayudó a montar y montó él en seguida, apartándose el manto para que le vieran el cuchillo atado al cinto. Cuando los dejamos atrás, empezó a silbar una tonada alegre.

La posada estaba excavada en la montaña, como casi todas las casas de Galilea. El dueño nos dio una pieza con un solo jergón y Lázaro se acomodó en el umbral, encima de las gualdrapas de los asnos. Nos recogimos a descansar al oír las voces de otros viajeros. De este lado de Esdraelón, estábamos otra vez entre los hijos de Israel. Pero también entre los hijos de una misma casa hay peligros.

Reanudamos el viaje temprano en la mañana, bajo la sombra larga de Carmel. El sendero caracoleaba entre las colinas, bordeado de cedros y altos pinos. A lado y lado se alzaban rocas pálidas, encaramadas entre sus copas como fortalezas. El camino más ancho de los romanos apareció delante, como una herida de cal en los campos. Nos detuvimos en la siguiente encrucijada porque Sepphoris ya debía estar muy cerca. Lázaro conocía Galilea de sus viajes, pero tampoco había estado nunca en Nazarah, el refugio de los nazareos de José.

La carreta se acercó por la cuesta cuando sopesábamos los senderos. Me fijé en el hombre del pescante porque llevaba túnica blanca, y sólo después vi al otro que caminaba junto a los bueyes. Venía desnudo de la cintura para arriba y el sol le brillaba en sus hombros, oscureciéndole la piel morena. De repente se le iluminó el rostro. Cuando me volví, Lázaro había echado a correr.

—¡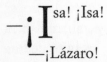sa! ¡Isa!

—¡Lázaro!

Se abrazaron en medio del camino. Luego vinieron hacia mí. Aparté la mirada, sofocada bajo mi viejo manto del templo. Me sonrojé aún más al darme cuenta de que Isa se había enfundado a toda prisa la camisa. No lo veía hacía más de un año. No me había mandado a Bethania ni un trozo de arcilla con su nombre. Estaba ahora allí, delante de mí, teniéndome las riendas.

—¿No reconoces a Isa, hermana?

—La paz sea contigo —saludé, evitando todavía sus ojos.

—Y sea contigo, Mariam. Por fin has venido a Galilea.

Casi había olvidado el sonido de su voz. La alegría de su sonrisa.

Esperamos a que la carreta doblara en el cruce, hacia el rumbo de Sepphoris. Nos adentramos por el sendero más estrecho y pasamos bajo dos rocas inclinadas la una contra la otra. El asno trastabilló porque el suelo era resbaloso e Isa lo abrazó para ayudarlo a pasar. Se volvió sonriente:

—No te asustes… Cuando conozca el camino ya no tendrá miedo.

Sentí el calor en todo el rostro, aunque ya me había quitado el manto. Al abrazar el asno me había rozado la rodilla.

Tras el paso de las rocas, los árboles se apartaron alrededor de una hondonada de lilas y margaritas. Contra la ladera, brotaron las casas blancas, como excavadas en la roca, más allá había naranjos e higueras, parras y jazmines. Una mujer se asomó a la ventana y nos saludó poniéndose la mano sobre el pecho. Isa llevaba ya varios niños en los faldones, pidiéndole que los dejara montar en mi asno. En el centro de la aldea estaba el pozo del manantial del que había hablado Mariam. La gran roca se alzaba como un puño amarillento entre las colinas.

José nos esperaba bajo el portal. Mariam se precipitó fuera de la casa en cuanto Lázaro me ayudó a bajar al suelo.

—Dios te guarde, Mariam… Empezábamos a temer por ti.

Lázaro explicó que las trochas estaban enlodadas por las lluvias, pero el buen ángel nos había acompañado por el camino.

—Creíamos que vendríais por el lado del Jordán… Isa ha ido todos los días a Sepphoris a preguntar entre los viajeros.

José se adelantó y posó las manos sobre mi frente:

—Bienvenida, hija. Que Nazarah sea un refugio para ti.

Cuando entramos al patio, los vecinos habían empezado a acercarse para darnos la bienvenida. Los hombres abrazaban a Lázaro y las mujeres me besaban las mejillas, como si nos conocieran. Isa caminaba ya hacia los establos, seguido de los niños.

Al cabo de un rato, Mariam me llevó de la mano a una alcoba que quedaba al final de una escalerita. El suelo estaba cubierto de mosaicos y las paredes, recién blanqueadas. Bajo la ventana, la brisa corría entre los árboles del huerto. Del otro lado de la cañada, se hallaban los campos de Nazarah. Los labriegos hundían sus azadas abriendo los surcos en la tierra.

Mariam corrió las cortinas para que pudiera reposar. Respondí que no estaba cansada, aunque llevábamos tres días de camino.

—Yo tampoco sentía la fatiga cuando José me trajo por primera vez… —Mariam miró hacia el sendero por donde Isa me había traído en el asno—. Descansa. Disfrutarás más nuestra compañía.

Se marchó dejando las cortinas entreabiertas.

La alegría empezó a colmarme el pecho como el agua que corre a borbotones. En el patio, los hombres reían de vez en cuando, pero sus risas iban apagándose con sus voces. Yo seguía escuchando una sola voz, sonora y clara.

III

Comenzamos a vernos todos los días, como en la rosaleda de Bethania. Lo saludaba desde mi ventana cuando salía a mediodía del taller, rumbo a la gruta de la colina. Bajaba luego al patio a atizar las brasas con Mariam y después traíamos agua del pozo para poner a hervir las ollas de la cena. Por la tarde nos sentábamos con las otras en el huerto a desgranar las habas y deshuesar los dátiles, y juntábamos en un pañuelo las cáscaras y los huesos mientras cada una contaba sus penas. Isa saludaba al pasar, al caer la tarde, cuando subía de nuevo a la gruta con Lázaro y José. Al regreso, traía la mirada distante, como si aún estuviera absorto en la oración. Cenábamos juntos en el patio, a un lado los hombres y al otro las mujeres. Yo nunca contaba mis penas.

La mañana del sabbath bajé al huerto y me senté en una piedra a los pies de la colina. Caminé luego por el sendero, hasta el recodo por donde veía desaparecer cada día a Isa. A lo largo de la mañana los vecinos de Nazarah habían subido uno tras otro hacia la gruta. También los huéspedes que venían a celebrar la fiesta con José. Por entre los árboles las casas blancas parecían abandonadas. Las voces de los niños se oían en el bosque, cada vez más lejos.

Regresé cuando el sol llegaba al mediodía, antes de que acabara la oración. Entre los huéspedes, había visto algunos ascetas como los que venían a visitar a Lázaro en Bethania. A juzgar por las fajas de cuero que llevaban a la cintura, habían hecho los votos perpetuos. No quería que se sobresaltaran al verme en cuanto bajaran por el sendero.

Me alejé a través del huerto, hasta el borde de la cañada. Cuando estaba por volverme, oí pasos a mi espalda. Isa se detuvo parpadeando bajo el sol. Esta vez estaba preparada para el encuentro:

—«Las flores vuelven a la tierra. Llega la hora de que cante el ruiseñor».

—«La higuera ha dado higos verdes. El buen perfume despunta en el viñedo…».

Isa calló como si no recordara las palabras que seguían. Me ruboricé, aunque no las hubiera dicho:

Ven, mi amor, mi doncella, ven conmigo.

Estaba allí, delante de mis ojos, como la última tarde que habíamos estado juntos en Bethania. Los meses del año habían pasado con todas las estaciones, pero en mi corazón habían durado sólo un momento.

Caminamos a lo largo de la cañada, hasta donde acababan los frutales y empezaban los cipreses. En la ladera de la colina, los hombres y las mujeres que volvían de la gruta se tendían sobre la hierba para reposar hasta el atardecer. Nos sentamos también los dos a los pies de la roca amarilla de Nazarah.

—Lázaro me dijo que estuviste en el desierto.

Parpadeó, como si me mirara desde lejos. Durante el año en Qumrán su rostro se había vuelto más delgado, su barba más tupida.

—Mi primo Juan quiso que fuéramos allí juntos antes de separarnos.

—¿Quería que te quedaras con él en el monasterio?

—Mi padre me pidió que viniera aquí.

Era lo mismo que había dicho Lázaro. Sin embargo, Isa aún podía volver un día al Qumrán para hacer los votos perpetuos. Tomaría la faja de cuero y la azada de madera, como los monjes que ahora reposaban bajo los cedros.

—¿Tú no querías quedarte?

Isa me miró sorprendido. De repente, su voz fue otra vez la misma que aquella tarde bajo el membrillo, como la de los profetas del arrepentimiento, en los días largos de Elul.

—Juan se ha hecho hombre en Qumrán, y también se ha hecho sabio. Pero un día tendrá que marcharse para enseñar a otros lo que ha aprendido. Su voz clamará en el desierto, aunque él todavía no lo sabe. También él tendrá que irse y no regresará.

Cuando levanté la mirada, había vuelto a sonreír. Aparté el rostro otra vez. También Juan tendría que marcharse un día de Qumrán. Isa nunca regresaría allí.

IV

Al tercer día vino a buscarme para que subiéramos a la roca. Creí que Mariam nos acompañaría, pero la encontré sentada en el patio delante de su telar. En las manos tenía una pieza de seda verde, con dos *menorahs* de siete brazos como las de la manta de mi cama.

—Tengo que acabar esta pieza de seda… ¿No quieres ir sola con él?

En Nazarah había visto a más de una mujer andando sola con un hombre. Suponía que estaban casados o que eran hermanos, como Lázaro y yo. Tampoco mi hermano se hallaba en la casa para darme permiso. Había ido en la carreta con José a visitar el nuevo teatro que construían en Sepphoris.

—Dile a Isa que traiga laurel y romero de la cumbre —dijo Mariam.

En el huerto, Isa esperaba paciente mi retorno. Echó a andar delante de mí hasta el borde de la cañada y me tendió la mano para cruzar a la otra orilla. El pañuelo me revoloteó en el rostro cuando di el salto. Tuvo que abrazarme para que no cayera a tierra.

Cuando llegamos a la cumbre, me había acostumbrado a sentir su mano firme en la mía. Me senté en una piedra a tomar aliento antes de trepar los últimos peldaños excavados en la roca. El corazón me palpitaba y sentía los latidos en todo el cuerpo. Los dedos me cosquilleaban con el fresco de la brisa.

Las casas de Nazarah parecían guijarros blancos, desperdigados en el lecho de las colinas. Tras las crestas de Carmel, el mar se ensanchaba hasta tocarse con el cielo. Reconocí a lo lejos los llanos de Esdrelón y la mole de Tabor, las laderas oscuras que habíamos visto desde la ruta. Más allá, los meandros del Jordán alargaban una cinta verde desde el mar de Galilea. El horizonte se alejaba en todos los rumbos, hasta donde los ojos veían sólo polvaredas.

Isa sonrió, todavía abrazándome. Señaló primero hacia el poniente:

—Éste es Carmel, el bendecido, donde nuestro profeta Elías venció a los falsos profetas de Baal.

Se volvió hacia el norte.

—Aquel es Hermón, el glorioso, el que los cananeos llaman monte Líbano.

Dio la vuelta conmigo hacia el sur:

—Ese es Tabor, el sagrado, donde Abraham ofreció el vino y el pan para que Melquisedec bajara a bendecirlos. Los samaritanos oran hacia él, aunque ya no recuerdan por qué lo hacen.

Recordé los versos de Jeremías:

Como Hermón entre los montes, vendrá
Como Carmel por encima del mar
Tabor cantará sus alabanzas
Cuando el bendecido venga a Su trono.

Conocía la costumbre de los samaritanos, que veneraban en el monte Tabor el templo destruido de Baal. Sin embargo, nunca había oído decir que Abraham hubiese hecho allí una ofrenda de vino y pan.

Me enseñó el gran puerto de Ptolemais y las playas de Tiro, donde los mercaderes de Canaán anclaban sus trirremes. También los muelles humildes de Bethsaida y Cafarnaum, que eran apenas puntos blancos junto al mar de Galilea. A los pies de las colinas, el camino romano que había visto con Lázaro encontraba el Gran Camino del Mar, que llegaba por el norte hasta Damasco. Una columna de polvo serpenteaba por la ruta, rumbo a la encrucijada donde habíamos hallado a Isa. Tardé un rato en distinguir las enseñas del toro y el delfín, los escudos de los legionarios, brillantes como soles negros. Al final de la columna, una hilera de hombres desnudos venían empujándose unos a otros como si el suelo les quemara los pies.

Aparté el rostro y me apoyé en una piedra. Había oído hablar de los zelotas galileos, a los que los romanos llevaban desnudos por los caminos por alzarse contra el imperio. Quizás aquellos hombres caminaran ahora mismo hacia la muerte.

—Son esclavos de Cirenaica —explicó Isa—. Los llevan a Tiberíades para que construyan el muelle nuevo.

Se quedó de pie junto al risco aunque la columna ya se acercaba a la encrucijada. Por un momento pensé en tirarlo de la manga. Pero los legionarios estaban demasiado lejos. No tenían por qué acercarse a Nazarah, donde los hermanos vivían alejados del mundo y del imperio. La procesión siguió de largo por el camino. El viento se llevó el eco de los gritos y los latigazos. Me senté encima de la roca y me sequé los ojos. Me había puesto a llorar sin darme cuenta.

Isa me pasó el brazo por los hombros. Traté de sonreír y sonrió conmigo, aunque también sus ojos estaban llenos de pesar. Esperó hasta que la columna fue otra vez una polvareda. Hacia el sur, la trocha de Samaria se perdía entre las cuestas negras rumbo a Jerusalén y Hebrón y de allí hacia Egipto. En la otra orilla del Jordán la ruta de las caravanas partía rumbo a Siria y a Babilonia, a los reinos lejanos de los que hablaban los profetas.

Isa conocía el rumbo de cada senda y el nombre de cada monte, como si hubiera recorrido toda la tierra de los alrededores. Me pregunté cuándo había podido recorrerlos, si había llegado a Nazarah apenas en el invierno. José debía haberlo instruido, como él mismo me instruía ahora, al borde del risco.

—¿Cómo conoces todos los caminos?

—Los caminos parecen muchos, Mariam, pero sólo hay uno que me interesa.

Hablaba otra vez con la voz que ya empezaba a conocerle. Pregunté cuál era ese camino, todavía sin comprender.

—El que anda por ese camino conoce la paz —contestó Isa—, pero el que se aparta de él no la encontrará aunque recorra todo el mundo.

El sol empezaba a declinar por encima de las crestas de Carmel. Recogimos el romero y el laurel, y emprendimos el descenso.

V

Al cabo de unos días José me mandó decir que me esperaba en el taller. Nos habíamos cruzado varias veces desde mi llegada a Nazarah, pero no sabía de qué podía querer hablar conmigo. Quizás a él no le parecía tan bien que hubiera ido con Isa a la roca.

Me acerqué al portalón por entre los árboles. Las herramientas estaban arrumbadas en la penumbra, junto a una mesa llena de piedritas. Del otro lado se hallaba el patio donde José apilaba las rocas amarillas con las que estaban hechas las casas de Nazarah. Cuando Lázaro me contó que su maestro trabajaba con las manos, imaginé que era pintor o carpintero como el sabio Hillel. Nunca habría adivinado que era albañil y tenía su cuadrilla de aprendices.

Me asomé después de llamar. José estaba sentado con la espalda contra la pared. Se levantó como si hubiera estado esperándome.

—La paz sea contigo, Mariam.

Me ofreció un taburete y se volvió para abrir las cortinas.

—Los mandé a todos a Carmel a buscar piedras —dijo, señalando el taller vacío con sus largas manos grises—. En el teatro de Sepphoris quieren un gran mosaico para la puerta real.

Bajo la luz del sol las piedritas de la mesa fueron cobrando sus colores. Encarnadas, blancas, con vetas azules, verdes como olivas. José me llevó del brazo para mostrármelas de cerca.

—Las blancas son de aquí, del arroyo de Nazarah, y las rojas las traemos de las colinas de Caná, donde vive la familia de Mariam. Las verdes vienen de Carmel, adonde he mandado a Isa hoy —recogió una piedrita y me la enseñó al trasluz—. ¿No te ha llevado todavía allá?

Contemplé las vetas verdosas disimulando el sobresalto. Isa me había dicho que me llevaría un día a Carmel. Parecía que José lo hubiera escuchado.

Me mostró los barreños donde lavaban las piedras y los lienzos de arena para pulirlas, los esmaltes para que los mosaicos brillaran a la luz. Me llevó al patio donde estaban los cantos rodados de las casas de los labriegos y las lajas de basalto para los monumentos de Sepphoris, las piedras de caliza en las que se tallaban los *ashlam,* los mejores ladrillos de Israel. Volvió a su taburete a descansar.

—¿Eres feliz en Nazarah, Mariam?

La pregunta me pescó desprevenida. Lo decía como si Lázaro y yo fuéramos a quedarnos para siempre.

—Tu visita nos ha hecho felices a Mariam y a mí —me miró a los ojos—. También a Isa.

La cortina se desató con el viento. Ahora los ojos le brillaban en lo oscuro. Se levantó para atar el cordel y de nuevo se sentó contra la pared. Volvió a hablar al cabo de un rato.

—Cuando tu padre vino a Egipto con nosotros, Lázaro era un niño y tú aún no habías nacido. Él confiaba en volver para tu nacimiento y yo quería ver crecer aquí a Isa. Le prometí que al regreso pasaríamos por Bethania, y él nos prometió que vendría a Nazarah contigo y con tu hermano. Dios tenía otros designios y lo llamó cuando cruzaba el desierto de vuelta hacia Judea. Tampoco nosotros pudimos regresar pronto y nos quedamos con los hermanos de Bethshemesh.

Recosté la cabeza contra el muro. La voz de José empezaba a arrullarme, tersa como el agua que se demora entre las piedras. Si cerraba los ojos, era la voz de Isa.

—Tu padre era apenas un muchacho y yo era un hombre joven. Nos prometimos que la casa de uno sería la del otro, como lo fueron en el exilio de Babilonia la casa de David y la de Benjamín. Isa acababa de nacer. Tú aún no habías nacido. Pero nos prometimos que nuestras casas serían una sola, como cuando la paz reinaba entre los hijos de Israel.

El corazón había empezado a palpitarme como la víspera en la roca. Sentí en el rostro los rayos del atardecer.

—Esa fue la promesa que nos hicimos. ¿Lo entiendes, Mariam?

Asentí.

VI

Se acercaba la fiesta de la pascua, cuando las espigas del centeno doran los campos. Isa iba cada día a Sepphoris con José y con Lázaro, y volvían después que había caído la noche. Desde la ventana, veía sus sombras junto al pozo, purificándose tras la jornada en la ciudad. Entraban con pasos sigilosos por temor a despertarnos. A veces, temprano por la mañana, alcanzaba a verlos marcharse.

—Acabarán antes de la pascua —me dijo Mariam, una noche que me vio mirando hacia el pozo—. Tendremos a Isa de vuelta en casa.

Había dejado de sonrojarme al escuchar el nombre de Isa. Muchas cosas habían cambiado después de mi encuentro con José.

—Mi hijo tiene manos ágiles. Y según dicen, Lázaro ha salido buen aprendiz. El arquitecto de Antipas sabe que no contará con ellos desde el séptimo día del mes.

Los hermanos celebraban la pascua el séptimo día, cuando el sol de primavera cruzaba al otro lado del firmamento. La pascua del templo comenzaba una semana después, con la luna llena, porque los saduceos seguían el calendario corrupto de Babilonia.

—El propio Antipas estará en Jerusalén, preparándose para los fastos.

Por un momento su rostro me recordó el de Judith cuando hablaba de Antipas y los otros hijos impíos de Herodes.

—También Isa está deseoso de venir.

Nos quedamos un rato más en el patio, conversando y bebiendo aguamiel. Desde la ventana, vi más tarde el lucero de Anael brillando en la puerta del suroeste. La luna vieja era un cabello blanco por encima de las colinas.

Durante años, cuando vivía en el templo, había esperado la época en que Anael encendía su lucero, opacando las otras estrellas alrededor. Aguardaba luego la luna nueva y contaba los días que faltaban para que el sumo sacerdote enviara a los corredores a anunciar la pascua a Israel. Había visto pasar a uno de ellos el año anterior por el camino de Bethania. Para entonces, Lázaro había celebrado ya la fiesta con los hermanos que habían venido de Qumrán.

—Pero, ¿qué celebráis entonces? —le había preguntado, pues no habíamos sacrificado el cordero, ni habíamos cantado los himnos de las plagas en venganza contra Faraón.

—Celebramos la salvación de Israel —había dicho Lázaro—, su salvación de la muerte y de las sombras.

Ana solía decir palabras semejantes. Pero como las decía Lázaro, no parecía que Israel hubiera escapado de Egipto gracias a Moisés.

—¿Creéis en Moisés?

Lázaro se ruborizó como si me hubiera oído blasfemar.

—Moisés fue el elegido de Adonai, el que enseñó su ley verdadera. Pero esa ley no está en los rollos que custodian los saduceos.

Entonces fui yo quien se turbó. ¿Acaso mi propio hermano no creía en los diez mandamientos de las tablas?

—Creemos, porque son buenos. Pero la verdadera ley no estaba escrita en esas tablas… —bajó la mirada—. Perdóname, no he querido confundirte.

Tampoco era él quien debía revelarme aquel misterio, ni yo podría conocerlo mientras no llegara mi hora. Era una de las tantas cosas que tendría que preguntarle a Isa.

VII

La tarde de la fiesta Mariam vino a mi alcoba para que subiéramos por el sendero. En el cruce de la cañada encontramos a otras hermanas y caminamos con ellas entre los correteos de los niños. El sendero trepaba hasta el recodo por donde veía desaparecer a Isa. Corría luego cuesta abajo y volvía a trepar, hasta una pequeña explanada en la ladera de Carmel. Los hermanos habían levantado grandes tiendas blancas, como las de los caravaneros de Jerusalén. Algunos habían formado un corro abrazándose por los hombros. Danzaban de costado, entonando una antigua canción de la pascua:

Ha vuelto el pastor de Israel
Apacentando sus ovejas
La hierba es verde bajo sus pies
Entre sus manos es blanco el lirio.

José apareció al caer la tarde con su báculo y su manto de Bozrá. Isa venía con él trayendo la jofaina, el jarro del agua y el jarro del vino. Las hermanas habían puesto los platos y las copas en las esteras que ocupaban todo el claro. En el centro, la brisa hacía parpadear las velas del candelabro.

Isa llenó la jofaina con el jarro de agua y la sostuvo delante de José. Alrededor del círculo cada uno tomó una jofaina y un jarro, para que su vecino se lavara las manos. Servimos luego las copas de vino. José levantó la suya y dio gracias, como hacía el sumo sacerdote en la pascua de Jerusalén.

—Dios nos concede celebrar otra vez la pascua. Sean Sus bendiciones para los que acuden a Su mesa y para aquellos que no han podido acudir.

Me llevé la copa a los labios, esperando el sabor espeso y dulzón del vino del templo. Sin embargo, el vino era tan ligero como el agua con la que acabábamos de lavarnos. Cuando llegó la hora de partir los ácimos, José se puso de pie otra vez y desdobló la servilleta que le tendía Isa. Dentro había un solo pan redondo, pálido y chato, horneado sin levadura. Lo levantó en alto, como había hecho con la copa:

—Este es el pan de Israel, el que Abraham ofreció en Tabor, el que Moisés dio a su pueblo para sustentarlo en el desierto. El que coma de este pan encontrará el camino de la paz. Alabado sea Adonai, el dios del cielo.

Partió un trozo del ácimo y le dio el resto a Isa. Isa partió un pedazo más pequeño y se lo dio a Lázaro. El ácimo pasó de mano en mano, hasta que cada uno tuvo un trocito. Acabada la cena, Isa sirvió otra vez vino en su copa. José volvió a levantarla:

—Este es el cáliz de Israel, el que Abraham ofreció en Tabor, el que Elías levantó al cielo para acabar con los sacrificios a los ídolos de Baal. El que beba de este cáliz encontrará el camino de la paz. Alabado sea Adonai, el dios del cielo.

Bebió de la copa y se la dio a Isa. Isa bebió también, con los ojos entrecerrados. José cruzó entonces el claro y se detuvo junto a la lámpara. Mariam me indicó que me pusiera de pie. Nos abrazamos formando una rueda, como los hermanos que habían estado cantando más temprano. José empezó a recitar:

—Alabado sea Adonai que nos sacó de las tinieblas, de su mano hemos vuelto a la luz a través del desierto.

Mariam dio un paso al costado. Respondió con los demás:

—Amén.

—Alabado sea Elías, su siervo, que derrotó a los falsos profetas; en honor de su memoria elevamos este altar, sin sangre ni fuego.

Esta vez di yo misma el paso. Mi voz se perdió entre las voces más fuertes de los hombres:

—Amén.

—Padre nuestro, muéstranos el camino de la verdadera ley de Moisés.

—Amén.

—Que nuestros pasos sigan tu luz

—Amén.

—Que tu paz sea con nosotros.

—Amén.

—Que tu amor entre en nuestros corazones...

Con cada paso, la respuesta brotaba con más fuerza de mi pecho. Los árboles giraban alrededor de la rueda de la danza. Las velas de la lámpara parpadeaban delante de José y su rostro era una y otra vez el de Isa, iluminado bajo el cielo.

VIII

Nos encontramos en la curva del recodo, junto a la senda de la gruta. Caminamos sin hablar hasta donde los árboles bordeaban la cuesta, entreabriendo sus ramas sobre el valle. El sendero seguía serpenteando cuesta arriba, hacia la boca escondida entre las piedras. Del otro lado del risco asomaba el monte de Elías, la explanada donde habíamos danzado la noche de la pascua. Al día siguiente había llovido toda la tarde. El agua estaba todavía en la tierra.

Nos detuvimos en el claro al lado del sendero. Isa se sentó en el suelo y cruzó las piernas una sobre otra. Me arrodillé a su lado, sintiendo la hierba mojada bajo la túnica. Junté una palma contra la otra, como había visto hacer a Mariam. Esperé callada.

—Enséñame el camino —le había dicho cuando nos encontramos en el huerto, de vuelta en Nazarah.

Sonrió como si no me hubiera oído. Más tarde me llevó al claro y nos sentamos en la hierba, mientras los nubarrones se cernían en el cielo. A la despedida, había vuelto a subir solo por la cuesta.

Ahora sus ojos erraban lejos, a lo largo de las laderas escarpadas del monte. El sol caía sobre los cipreses, centelleando en las agujas húmedas. Una bandada de golondrinas cruzó el valle y se alejó rumbo al mar. Isa habló por fin.

—¿Cuál es el camino que quieres que te enseñe?

—El camino de los nazareos —respondí—. El de tu padre, José.

—¿Conoces la historia del sabio Hillel?

Repetí la historia, tal como Ana me la había contado en el templo.

—Cuando Hillel ya era mayor, vino a su casa un gentil que quería conocer las enseñanzas del Talmud. Había buscado a otros rabinos, pero le advertían que tardaría años en aprenderlas. Hillel prometió enseñárselas todas antes de que se cansara de sostenerse en un solo pie.

—¿Y qué le dijo entonces? —preguntó Isa.

—«No hagas al prójimo lo que no quieras que te haga a ti».

—Esa es la ley de Moisés —dijo Isa—. El que sigue esa ley encuentra el camino.

Guardé silencio.

—«El que clame al Señor tendrá respuesta» —dijo de pronto—. Pregunta. Te contestaré hasta donde pueda.

—¿Por qué hemos comido un solo ácimo en la pascua?

En el templo comíamos siempre tres ácimos: uno por los hijos de Aarón, otro por los levitas y el tercero por todos los demás israelitas, pues ninguna tribu había alcanzado a cocer su pan al huir del rey Faraón.

—Comemos un solo ácimo porque el pan de Moisés es uno. Quienes luego han hecho tres de él han partido también su gloria y su enseñanza.

—¿Por qué hemos bebido del cáliz de Elías?

En Jerusalén el cáliz reposaba en la mesa toda la fiesta, en señal de que el profeta no había retornado entre los hombres.

—Hemos bebido del cáliz de Elías porque somos los hijos de Israel. Elías está siempre entre nosotros y su espíritu mora en nuestros corazones.

—¿Por qué entonces no hemos sacrificado, como él sacrificó en la cumbre de Tabor?

—Porque el sacrificio de Elías puso fin a todos los sacrificios. Sin fuego ni sangre, Dios abrasó la bestia que le ofrecía Elías, para refrendar su poder sobre los falsos profetas de Baal. Quienes sacrifican ofenden a Dios, porque en las tablas de las leyes está escrito: «No matarás».

—¿No son pues falsas las leyes de las tablas?

Isa se turbó como se había turbado Lázaro. Suspiró.

—Cuando Moisés bajó de Sinaí y vio al pueblo indigno que adoraba a los ídolos, rompió las tablas de la ley verdadera. Aun así, Dios se compadeció y dio a Moisés las segundas tablas, con mandamientos que los hombres pudieran comprender. Quien guarda estos mandamientos está a salvo de la cólera del cielo. Pero, para los que buscan la verdad, no hay otras palabras que las de la voz del corazón. Escuchan esa voz y siguen su ley, y caminan con Dios en este mundo, como caminó el patriarca Enoc.

Isa repitió entonces las palabras que me había dicho en Bethania:

—Ellos son los nazareos, a quienes Moisés transmitió la primera enseñanza. Son los retoños de Israel, pues se aman los unos a los otros y llevan en el corazón la ley verdadera.

Nos quedamos en el claro hasta que el sol empezaba a declinar. Isa se puso luego en pie y me ayudó a levantarme, tomando mis manos entre las suyas. Se apartó cuando quise darle las gracias:

—No soy yo quien te enseña, sino mi padre, de quien todo lo he aprendido. La voz que sale de mis labios es su voz, pues él ha escuchado la voz del Padre que reina en el cielo y conoce Su paz.

Se marchó hacia la gruta por la cuesta.

IX

Al día siguiente me esperaba sentado bajo el ciprés. Me acerqué despacio porque tenía los ojos entrecerrados. Su cuerpo se le balanceaba con cada respiración, como si se hubiera adormecido.

—La paz sea contigo, Mariam.

—Contigo sea la paz.

Nos quedamos en silencio. Tomó luego una ramita y comenzó a dibujar sobre la arena. Un trazo largo, coronado por siete más cortos. Trazó luego otros siete, que coronaban el primero por el otro extremo. Reconocí el dibujo del doble candelabro que había estado bordando Mariam. Isa dejó la ramita en la hierba.

—Este es el Árbol de la Vida, que representa la ley de Moisés y los profetas. Tiene siete raíces y siete ramas, porque son siete los ángeles del cielo y siete las bendiciones que dispensan. Si invocas a estos ángeles y rezas en su nombre, encontrarás la paz en tu espíritu.

Cuando era niña, me había encomendado más de una vez a Miguel, el guardián de Israel, cuando la noche era oscura y había ruidos extraños en el templo. Judith me había enseñado más tarde a reconocer el lucero de Anael y el faro rojo de Samuel, y también el lucero de Kefarel, que brillaba al alba. Nunca había invocado sus nombres. Tampoco sabía que tuvieran sus propias oraciones.

—¿Es a ellos a quienes les rezas en la gruta?

—Rezamos a Adonai —explicó Isa—, para que sus siervos nos guíen por el camino y nos concedan sus bendiciones.

Pregunté entonces cuáles eran los nombres de los ángeles.

—Miguel es el ángel de la vida. Gabriel el ángel de la misericordia. Samuel el de la victoria. Rafael el de la salud. Ezequiel el de la sabiduría, y Anael es el ángel del amor, que nos conduce hacia Adonai. Éstos son los ángeles que gobiernan la creación y la colman con su luz

Había dicho que eran siete. Pero había nombrado sólo seis.

—Miguel guarda la simiente que renueva la tierra —prosiguió Isa—. Gabriel trae el agua a los campos cuando los bueyes aran y cuando los surcos dan fruto. Samuel siega las mieses con su espada, en los días de fuego del verano. Rafael alivia las fatigas de los labriegos. Ezequiel enciende su espíritu, como el viento fresco que sopla en el otoño. Anael alegra nuestros corazones, como la llama alegra el hogar, con el amor de Adonai.

Perdí esta vez la cuenta, embriagada con la música de su voz. La brisa soplaba entre las colinas como el viento de Ezequiel. La alegría de Anael me entibiaba el pecho.

—Miguel nos da confianza en la espera y fortaleza en la adversidad —prosiguió Isa—. Gabriel vela por nuestras almas, para que nos apartemos de los malos pasos. Samuel nos arranca de las pasiones y Rafael se ocupa de nuestras necesidades. Ezequiel purifica nuestros pensamientos y Anael nos hace generosos, por la gracia de Adonai, pues Él nos ha enviado a sus ángeles del cielo.

Cerré los ojos un instante, escuchando aún el eco. En la arena estaba aún el Árbol de la Vida, con sus siete raíces y sus siete ramas.

Le pregunté:

—¿Cuál es el séptimo que aún no has nombrado?

Isa sonrió por primera vez, como si hubiera esperado la pregunta.

—El séptimo es el ángel de la paz, que custodia las llaves del cielo. Es él quien guarda las puertas tras las cuales moran sus hermanos. Sólo quien lo busca de corazón complace a Dios y obedece su ley, pues el camino de su ley es el camino de la paz. Quien se opone a él, no puede salvarse. Ni siquiera todas las huestes del cielo pueden socorrerlo.

Pregunté otra vez por su nombre.

—Es *Malach Adonai*, el ángel del Señor. No necesita ningún otro nombre.

—¿Cómo podría invocarlo entonces?

—Lo has invocado viniendo a este árbol. Porque tu corazón es puro.

X

Me enseñó las invocaciones de los ángeles, con sus días y sus horas. Me acostumbré también a inclinarme hacia el este para honrar a Miguel, en vez de hacerlo hacia el sur, donde estaban el templo y Jerusalén. Me sentaba a su lado, igual que había visto sentarse a las hermanas. Juntaba las palmas y cerraba los ojos. Al principio escuchaba su voz y repetía las palabras. Más tarde empezamos a decir juntos las oraciones.

El primer día de la semana dijo:

Padre nuestro, que estás en el cielo
Envíanos a tu ángel Miguel
Para que nos defienda en la batalla
Y nos dé fuerza en las tribulaciones
Y fe en el desamparo
Que su antorcha brille como el sol
Para quienes buscan el camino
Que el ángel que enviaste a Abraham
Bendiga con Tu paz
Nuestros corazones.

El segundo día de la semana dijo:

Padre nuestro, que estás en el cielo
Envíanos a tu ángel Gabriel
Para que lave nuestras faltas
Y nos aparte de nuestros vicios
Y nos alumbre entre las sombras
Que su palabra se escuche en lo alto
Y nos revele Tus misterios
Que el ángel que enviaste a Enoc
Bendiga con Tu paz
Nuestros corazones.

El tercer día de la semana dijo:

Padre nuestro, que estás en el cielo
Envíanos a tu ángel Samuel
Para que nos conceda la virtud
Y nos dé templanza en la flaqueza
Y humildad en la victoria
Que su espada haga justicia
Sobre los reinos de los hombres
Que el ángel que enviaste a Moisés
Bendiga con Tu paz
Nuestros corazones.

El cuarto día de la semana dijo:

Padre nuestro, que estás en el cielo
Envíanos a tu ángel Rafael
Para que sane nuestras heridas
Y remedie nuestros males
Que la vara de sus milagros
Descienda sobre nosotros

Y nos haga templos de Tu ley
Que el ángel que enviaste a Elías
Bendiga con Tu paz
Nuestros corazones.

El quinto día de la semana dijo:

Padre nuestro, que estás en el cielo
Envíanos a tu ángel Ezequiel
Para que nos conceda la sabiduría
Y nos enseñe la verdad
Y nos libre de la envidia y la superstición
Que su pluma inscriba nuestros nombres
Entre los verdaderos hijos de Israel
Que el ángel que enviaste a Jeremías
Bendiga con Tu paz
Nuestros corazones.

El sexto día de la semana dijo:

Padre nuestro, que estás en el cielo
Envíanos a tu ángel Anael
Para que nos muestre el camino
Y nos haga dignos de Tu amor
Que su lucero guíe nuestros pasos
Hacia tu reino del paraíso
Y se haga en nosotros Tu voluntad
Que el ángel que enviaste a los hombres
Bendiga con Tu paz
Nuestros corazones.

En la mañana del sabbath, esperé a Isa en el claro del ciprés. Subimos luego juntos a la gruta. Los hermanos y las hermanas estaban prosternados en la penumbra, delante del candelabro

que iluminaba el Árbol de la Vida. José entró seguido de Lázaro. Incliné la cabeza y junté las palmas, como Isa me había
enseñado. Cuando llegó la hora de la oración, mi voz se confundió entre las demás:

Alabado sea Adonai
Que envió a sus siervos
Entre los hombres
Envió a Miguel y a Gabriel
A Samuel y a Rafael
A Ezequiel y a Anael
A cada uno de ellos dio un día
Para cantar Sus alabanzas
Y el día santo del sabbath
Lo confió a Malach
Sólo Adonai es bueno y misericordioso
Sólo en Él creemos.

Cerré los ojos, confiándome al ángel del Señor.

XI

El calor entró pronto en la tierra, apenas comenzado el mes de Iyyar. Tras la cañada, las espigas de la cebada desbordaron los surcos y el trigo cubrió de sol los campos. Los hermanos salían al alba con las hoces y se arrodillaban entre las mieses para la oración del mediodía. Regresaban para purificarse en el pozo, antes de la oración del atardecer.

Isa y Lázaro habían vuelto a ir a diario a Sepphoris, para llevar basalto y *ashlams* tallados al teatro de Antipas. José los acompañaba algunas veces, pero casi siempre volvía solo más temprano. Desde la ventana, parecía un viejo árbol encaramado en lo alto de la carreta. Paso a paso iba haciéndose más menudo, las arrugas se hundían en el rostro, el sol se opacaba en los cabellos grises. Me saludaba con un gesto cariñoso, como disculpándose por no haber traído a Isa.

Cuando las mieses estuvieron recogidas, faltaban aún varios días para la Fiesta de las Semanas. Sin embargo, en la aldea ya reinaba la alegría del primer pan. Las hermanas nos juntábamos delante del molino y separábamos el grano de la paja mientras los hombres iban y venían de la noria. Cenábamos juntas, sentadas alrededor de los calderos. Los niños se quedaban despiertos hasta tarde, viendo arder las briznas de paja en las hogueras.

Ayudé a lavar el grano y también a cernir la harina. La víspera de la fiesta fui al horno con las otras solteras, para amasar las grandes hogazas con la levadura. Judith me había llevado una vez a donde amasaban las criadas del templo, pero nunca había tenido la masa tibia y resbalosa entre las manos. Cuando acabamos tenía los dedos embadurnados, el rostro blanco, la túnica llena de salpicaduras. Caminé por la trocha hasta la cañada para no lavarme en el pozo delante de todos. Isa apareció detrás del árbol, a unos pasos de la orilla, como si hubiera estado esperándome escondido.

Me tapé el rostro con las manos, pero sólo conseguí embadurnarme más.

—Ahora eres una auténtica nazarea —dijo y me limpió un trocito de masa del mentón.

Aparté el rostro, casi sin darme cuenta.

—No quería ofenderte —dijo Isa, más turbado.

Era lo que solía decirse en Nazarah a las solteras que amasaban el pan por primera vez. Las hermanas casadas lo partían luego en la fiesta, pidiendo a Dios que sembrara en su vientre como había sembrado en los surcos.

—Sólo me faltó saltar dentro del horno —dije para que volviera a sonreír.

—Gracias al cielo no lo has hecho —dijo Isa.

Soltó por fin la risa, mirándome de arriba abajo. Estaba cubierta de harina desde la coronilla hasta las sandalias. El olor acre de la levadura se me había metido bajo la piel. Desde la semana de la pascua, apenas habíamos vuelto a encontrarnos en la gruta. Había echado de menos las adivinanzas de sus ojos, el agua fresca de su risa.

—Iba a lavarme —dije señalando la cañada detrás de él.

Isa asintió con otra sonrisa y se apartó de la trocha, cediéndome el paso. El corazón empezó a palpitarme cuando pasé a su lado, apenas rozándole la túnica. En las hogueras, los hermanos y las hermanas habían comenzado a entonar la canción de los hombres y las mujeres. Por debajo de las voces, oí el murmullo manso del agua, las pisadas que rastrillaban los guijarros detrás de mí.

En el lecho de la cañada, las estrellas titilaban por entre las ramas de los árboles. Hundí las manos en la corriente y sentí el cosquilleo del agua fría entre los dedos, bajando hacia las muñecas. Junté el cuenco de las palmas y sumergí el rostro una y otra vez, para apagar las llamas en mis mejillas, hasta que las voces y los cantos se ahogaron en el borboteo. Cuando me di la vuelta, Isa estaba junto a mí. Busqué su pecho, trastabillando, sin querer abrir los ojos todavía. Mis manos tropezaron con sus manos tibias. Sentí luego su aliento en la piel.

Había pensado que ya nunca se atrevería.

XII

—Hasta el confín del desierto…
   —Hasta el confín del mar…
   —Por los montes y los vados.
   Por las sendas que se pierden.
   En las cumbres de Líbano…
   —Adonde voy, mi amado está allí…
   —Su perfume es de incienso y mirra…
   —Su lecho es de oro.
   Isa se detuvo y recitó el último verso:
   —«Él es uno conmigo, yo soy uno con Él».
   Bajo el barranco de la roca, Nazarah se hundía como una flor entre las hojas de las colinas. Habíamos subido de mañana, porque José seguía fatigado y había resuelto no ir a Sepphoris. Nos volvimos hacia Tabor y hacia Carmel, también hacia Hermón, recitando las bendiciones de los ángeles. Nos sentamos en una de las piedras, el uno junto al otro.
   Isa me había hecho ya la pregunta, antes de que empezáramos a cantar. Volvió a hacerla:
   —¿Hasta dónde me seguirías?
   —Hasta el confín del mar. Hasta el confín del mar.
   —¿Y si no pudieras ir a donde yo voy?
   —Esperaría tu regreso.
   —¿Aunque pasaran siete años y no supieras ya de mí?

Recordé el cielo gris de Bethania, en el invierno, cuando había pasado tan sólo un año sin tener noticias suyas. Había sentido otra vez la tristeza del templo, como una losa en el corazón. Sin embargo, nunca dejé de confiar y de creer.

—En mi corazón estaría vivo tu recuerdo.

Isa guardó silencio.

—¿Y si un día no pudiera volver?

Recosté la cabeza sobre su hombro y me rodeó el hombro con el brazo. Pero su rostro se había oscurecido. Habíamos cantado el himno, riendo y jugando, pero, de repente, tampoco yo tenía deseos de reír.

—¿A dónde has de ir?

—A donde mi padre me mande. Pero cuando él no esté con nosotros, iré a donde me mande el Padre del cielo.

Lo decía como si José estuviera cerca de morir.

—Es un hombre mayor. Y su carga ha sido grande. El amor de los hermanos lo sostiene, pero sus días están menguando.

Sin embargo, José nunca se había marchado sin rumbo, ni Mariam había tenido que aguardarlo sin esperanzas. Habían huido juntos a Egipto, juntos habían vuelto hasta Nazarah. Contemplé otra vez las casas adormecidas bajo el risco, en medio de los campos de la siega. Lázaro me había anunciado que regresaríamos a Bethania después del verano. Todavía no había empezado Tammuz, vendría después Ab, luego sería otra vez Elul. De un momento a otro estaríamos despidiéndonos.

Nos quedamos en silencio hasta que Isa volvió a hablar. Reconocí en seguida la voz que le había oído otras veces bajo el ciprés, allí mismo en lo alto de la roca.

—Vendrán tiempos difíciles, Mariam, más de lo que puedes imaginar. Te hago ahora estas preguntas para que recuerdes más tarde lo que me has dicho.

Esperé callada.

—Cuando mi padre se vaya, los hermanos que hoy comparten su paz la buscarán entre las sombras. A los que sigan la luz de su camino los insultarán y perseguirán. Las mujeres esconderán a sus hijos para que nadie los llame nazareos. A ti misma te llamarán pecadora y prostituta, si vienes conmigo. La espada de los jueces segará el retoño tierno de Israel…

Bajó la cabeza, haciendo un esfuerzo por contenerse. El sudor le corría por las sienes cuando me miró a los ojos, como si hubiera venido corriendo desde muy lejos.

Descendimos por los peldaños excavados en la roca. Cuando pisamos otra vez la hierba lo abracé con todas mis fuerzas, porque no sabía cuándo podría abrazarlo otra vez. A comienzos de Ab, José lo mandó con un mensaje para los hermanos de Bethshemesh. También me acostumbraría a sus ausencias, más tarde, andando el tiempo.

III

«A los que vivían en tierra de sombras
una luz les brilló».

Isaías 9, 1

I

Al comienzo venía a visitarnos, de camino a los lugares adonde lo enviaba su padre. Tras la muerte de José, lo vi sólo una vez más, cuando bajó a Egipto a estudiar con los hermanos de Bethshemesh. Lázaro había hecho el viaje triste hasta Nazarah, pero Martha y yo no habíamos ido porque caían las nieves de Heshvan y viajando los tres no llegaríamos al entierro. Los esperamos en la encrucijada, con otros hermanos que habían salido a encontrarlo. Me quedé atrás con las mujeres, con el rostro cubierto por el velo. No quiso entrar luego en la casa, porque aún no habían pasado los días de luto. Nos miramos a los ojos apenas un momento.

En Bethshemesh, la ciudad que los griegos llaman Heliópolis, los hermanos lo acogieron como habían acogido veinte años antes a José y a Mariam. Estudió con ellos las virtudes de las hierbas y las flores, y los secretos de las piedras, y los poderes de las manos y el aliento. Estuvo luego en Sinaí, y en Horeb, donde Elías contempló al Señor, y en las vastas arenas del sur, donde Abel ofrendó en su altar los frutos de la vid y de las mieses. Bajó a Petra, donde se encuentran todas las caravanas, y desde allí viajó a Asiria, y a Media, y a Babilonia, donde nuestros padres vivieron el exilio. Conoció los valles fértiles de Ciro y los reinos del país de Hoddu, las montañas de Kishmir, por donde nace el sol en el oriente.

Adonde iba buscaba a los hijos dispersos de Israel y aprendía de los maestros y los sabios de la tierra. Los hermanos lo llevaron a la puerta sagrada del Nilo y a las pirámides donde los sacerdotes egipcios insuflan la vida en los sudarios de los muertos. Conversó con los adoradores del fuego y con los adivinos que trazan el porvenir en los horóscopos, con los magos de Persia, que hablan el arameo y veneran a Adonai, aunque lo llaman el Dios de la luz. Al volver a Judea, visitó a los monjes de Calirrhoe. Lo enviaron a ayunar con los anacoretas del desierto que repiten el Nombre Prohibido, cuyos poderes son los de los ángeles del cielo.

Durante un tiempo Mariam nos envió mensajes, invitándonos a que fuéramos a Nazarah. Después supimos que se había ido a Cafarnaum, y más tarde a Caná, de donde era su familia. También otros nazareos se habían marchado, porque las cosechas eran malas y José ya no estaba allí para repartirlas. Los hermanos de Jerusalén siguieron viniendo a celebrar el sabbath bajo la pérgola, pero poco a poco fueron menos. De vez en cuando paraba en la casa algún monje que había cumplido su año en Qumrán, pero ninguno hacía ya el viaje hasta Galilea.

Una tarde, a comienzos de Nissan, fui con Martha al arcón donde guardaba la vajilla de cobre reservada para la pascua. Esperábamos apenas a dos o tres invitados, pero, igual que cada año, limpiamos todas las piezas, por si un huésped inesperado tocaba a nuestra puerta. Cuando sacamos la jofaina, me quedé mirando su rostro en el reflejo, y por primera vez me percaté de cuánto había envejecido. Miré luego el mío.

Habían pasado siete inviernos.

II

Por esa época supimos que Juan, el primo de Isa, había dejado también el monasterio de Qumrán. Llevaba aún el cinto de cuero y la azada de madera de los monjes, pero había cambiado la túnica blanca de la pureza por una piel impura de camello. Predicaba y la gente acudía a oírlo, porque Juan lavaba sus faltas bañándolos en las aguas del Jordán. Entre sus discípulos había algunos que habían seguido antes a José y también ellos bautizaban y lavaban los pecados.

Lázaro encontró una tarde a uno de ellos y lo convidó a la casa para enterarse mejor de los sucesos. El discípulo aceptó venir al jardín, pero no quiso cruzar el umbral ni probar comida, aunque se había sentado muchas veces con nosotros bajo la pérgola. Tampoco quiso rezar con nosotros la oración del atardecer.

—¿Es así como honras la memoria de José? —le preguntó Lázaro.

—Porque la honro he aceptado venir contigo —le dijo el discípulo—, para que te arrepientas y te bautices, y vuelva así a tu casa la pureza.

Lázaro guardó silencio, pero me di cuenta de que estaba ofendido. ¿Acaso era más santa la barba de Juan que el pan de los nazareos?

—José trajo la luz de Egipto, igual que Moisés —añadió el discípulo—, pero esa luz no alumbra ya el camino. Sólo el bautismo de Juan nos dará la fuerza para derrotar a nuestros enemigos.

Habló entonces de Nazarah, donde los hermanos malbarataban la paz de José en envidias y conflictos. Algunos incluso se habían ido a vivir a Sepphoris, entre los falsos judíos y los paganos griegos sobre los que reinaba el hipócrita Antipas. De los nazareos quedaba apenas el nombre. No eran ya el retoño de Israel, sino el rastrojo, la rama podrida.

—Arrepiéntete, Lázaro, si en verdad buscas el camino —dijo el discípulo poniéndose en pie—. El reino de Adonai está por llegar.

Lázaro lo dejó ir sin decir nada más. Sin embargo, la visita lo había perturbado.

—Si tan sólo Isa enviara el signo —decía al día siguiente, después de la cena del sabbath.

Había bendecido él mismo el vino y el pan, pero la paz lo había abandonado. Isa había dicho que nos enviaría un signo cuando estuviera próxima su vuelta. Yo misma había perdido la cuenta de los meses.

Con nosotros estaba un hermano de Jerusalén, que había llegado a Bethania por los saduceos que seguían en secreto la ley del corazón. La mayoría de ellos se habían hecho demasiado viejos, o habían dejado de venir al sabbath por miedo a las suspicacias de sus colegas del sanedrín. Era nuestro único invitado esa noche. Se llamaba también José, José de Arimatea.

—¿Qué se dice de Juan en Jerusalén? —le preguntó Lázaro, debatiéndose todavía sobre Juan.

El hermano respiró hondo, como solía hacer Isa.

—Mucho y muy poco, según con quien hables.

Entre los seguidores de Juan, algunos decían que era un profeta, porque hablaba como los profetas. Otros ya habían proclamado que era el Mesías. En el sanedrín, varios saduceos lo tenían por un loco, pero otros temían que además de loco fuera peligroso y llamara a la revuelta. Pilatos, el nuevo procurador de Tiberio, no dejaría pasar la ocasión de clausurar el propio sanedrín. Fingía ser tolerante con los judíos, pero se había ganado el cargo en África degollando enemigos del imperio.

—¿Cómo pueden temer a un bautista ermitaño? —se extrañó Lázaro—. ¿Es que tiene algún poder?

—Las palabras de Juan son lenguas de fuego —dijo José de Arimatea—. Temen que ese fuego incendie el templo.

Juan clamaba contra la pompa de los sacerdotes y los atropellos de los levitas, contra los usureros que cobraban comisión por cambiar los denarios romanos por dinero del templo, y también contra los vendedores de los patios, que sólo aceptaban ese dinero y vendían las palomas para el sacrificio por el triple del precio. El sanedrín había enviado espías a la otra orilla del Jordán, porque los levitas no podían cruzar el río sin permiso de los romanos. Habían vuelto apabullados por la muchedumbre que seguía al bautista.

—¿Entonces se ha hecho intocable? —preguntó Lázaro.

—Clama también contra Antipas —dijo José de Arimatea—. Lo acusa de violar la ley de Moisés, por tomar por esposa a la mujer de su hermano, la bella Herodías.

Lázaro inclinó la cabeza, meditabundo. Juan se había criado en Qumrán, donde los hermanos profesaban el amor de Adonai, aunque odiaran también con todas sus fuerzas a los saduceos, a los levitas y a todos los que juzgaban sus contrarios. Pero quizá quisiera ser un mártir. Ninguna muchedumbre lo salvaría de la cólera de Antipas, el hijo de Herodes.

—Debes ir a escucharlo —le dije a Lázaro.

Le rogué luego que me dejara ir con él. Se lo pedí en nombre de Isa.

III

Empezamos a encontrar gente por el camino, cerca de las bocas del Jordán. Cuando cruzamos en las barcas había ya un tumulto en la ribera de Perea, aunque habíamos salido temprano de Bethania y todavía no era mediodía. Los que venían a lavar sus faltas bajaban corriendo hasta la orilla, donde los esperaban los discípulos de Juan. Las mujeres andaban más lejos, cargadas de lienzos y sábanas blancas, para bautizarse escondidas tras las rocas. Volvían con las túnicas empapadas a donde estaban los demás, abrazándose y felicitándose porque habían quedado libres de impureza.

En el centro del tumulto había un hombre de pie bajo un sicomoro. Lo reconocí por la piel de camello y la azada de madera, y me fijé en su rostro buscando el rostro de Isa, pero los rasgos estaban escondidos por la barba, manchados por el sol. A su alrededor, había un puñado de hombres de Jerusalén. Eran los espías a sueldo del sanedrín, de los que había hablado José de Arimatea. Lázaro y yo los escuchamos desde lejos.

—¿Quién eres tú para bautizar a los hijos de Abraham? —le preguntaban.

—¿Te crees Elías?

—¿Eres el Mesías?

Los discípulos querían encararlos, pero Juan los llamaba a la calma. De vez en cuando, daba un paso adelante y todos reculaban a su alrededor. Las lenguas de fuego de su palabra ardían en sus ojos. Su voz ronca acallaba los gritos y las risas del tumulto.

—Dios podría sacar hijos de Abraham de estas piedras —les decía—. Arrepentíos y decid a vuestros amos que se arrepientan, si no quieren morir abrasados. Decidles que yo he venido a bautizar con agua pero detrás de mí viene uno que pasará por el fuego sus corazones.

Los hombres acariciaban el mango de sus puñales, pero tenían miedo de que sacarlas fuera peor. Algunos dejaban caer los mantos por tierra y se encaminaban hacia la orilla, agachando la cabeza al pasar junto al sicomoro.

—No os escondáis como las víboras —les decía Juan—, mostrad vuestro arrepentimiento con vuestras obras. El hacha está ya al pie del árbol, y el árbol que no dé buen fruto irá al fuego, porque sólo el fuego puede purificarlo de su podredumbre.

Escuchamos sus prédicas hasta la hora de la oración. Lázaro me hizo una seña y nos alejamos por entre las zarzas, subiendo por la ribera. Nos arrodillamos detrás de una duna e invocamos al ángel Miguel.

Al regreso me asomé a la orilla, a la altura de las rocas donde se bautizaban las mujeres. Había más de una docena de ellas, esperando en camisa junto al río. Cuando las discípulas de Juan les sumergían la cabeza, sus cabellos flotaban en el agua como extrañas flores. Salían por el otro lado del vado, para no pisar la tierra donde habían dejado sus faltas.

Cuando me acercaba al sicomoro el viento empezó a soplar del este, arremolinando la arena entre los zarzales. Me cubrí con el pañuelo porque la arena me hería el rostro, y de pronto lo solté, lo dejé aletear contra mis mejillas. Por la parte del desierto, un claro de luz se había abierto entre las nubes de tormenta. Las aguas del Jordán centelleaban como si fuera a amanecer. Una figura blanca medía las dunas a largos pasos, abatiendo los remolinos.

Alcancé a Lázaro a unos pasos de la orilla. También él miraba las dunas, cautivado por la luz. Los discípulos de Juan salieron del río al ver que su maestro entraba en el agua al encuentro del extraño. Los hombres que esperaban para bautizarse retrocedieron cubriéndose con las túnicas. Un pájaro planeó por encima del horizonte, hasta perderse en el resplandor. Se hizo silencio.

Juan se detuvo con el agua a los tobillos. Proclamó con voz ronca:

—Alabado sea este día, pues el santo de Dios viene entre nosotros.

El rostro de Isa se hundía en lo oscuro, porque la luz estaba a sus espaldas. Su voz resonó dulce y clara, por entre las ráfagas de las dunas:

—Vengo a que me bautices, Juan, hijo de Zacarías, y a que laves mis faltas.

—¿Qué faltas puedo lavarte si traes contigo al ángel del Señor? —preguntó Juan.

—El cielo ha dispuesto que sea así —respondió Isa—. Bautízame como has bautizado a todos los otros.

Dejó caer por tierra la túnica y entró al río. Aparté el rostro, pero mis ojos volvieron en su busca, encandilados. Isa tomó la mano de Juan y dejó que su primo lo zambullera en el Jordán. Un trueno retumbó en la distancia. El cuerpo desnudo emergió del río, brillante e irisado por el agua, como si el sol hubiera descendido sobre su piel.

IV

Cuando volvimos a Bethania, empezaba a atardecer. Martha nos miró desconcertada porque traíamos la ropa y el pelo mojados. Vio luego a Isa y corrió hacia él, lo abrazó, volvió a abrazarlo, como si pudiera desaparecer ante sus ojos. También yo lo había abrazado así, cuando nos habíamos encontrado entre los zarzales, estrechando su pecho húmedo, buscando el olor de los corderos.

—Supe que traeríais buenas noticias cuando vi al ángel en el cielo —dijo Martha—, pero habéis traído la dicha misma con vosotros.

José de Arimatea apareció entonces en el portal. También él había visto el fulgor desde Jerusalén. Había venido en seguida a Bethania, imaginando que era el signo que Isa había anunciado.

—Alabado sea este día —exclamó, igual que había dicho Juan—, pues vuelve a su casa el retoño de Israel.

Entramos todos en la casa, pues se acercaba la hora de la oración. Nos arrodillamos bajo la pérgola, dimos gracias por el día bendecido y encomendamos a la misericordia de Gabriel el comienzo del nuevo día. El olor del río flotaba aún en mis cabellos y tenía la camisa mojada bajo el manto. Pero con cada palabra de la oración iba envolviéndome la tibieza. Miré de reojo a Isa, que rezaba a mi lado con los ojos cerrados, repitiendo las palabras en silencio. Su rostro se había hecho severo, más oscuro, como si el sol lo hubiera manchado muchas veces. Cuando acabamos la oración, me dio la mano para ayudarme a ponerme de pie. Pero sus ojos no me miraron. Su mano siguió fría.

Durante la cena Martha le preguntó por Juan Bautista. No acababa de entender por qué nos habíamos bautizado en el río.

—¿Entonces es cierto que es un profeta?

—Juan habla con la verdad —le respondió Isa—, pero no todos los que lo siguen oyen sus palabras.

José le contó que entre sus seguidores había hermanos de Jerusalén, incluso de Bethania, que ahora renegaban de haber sido nazareos. Quería que Isa le diera permiso para buscarlos y anunciarles su retorno.

—¿Para qué quieres anunciárselo? —le preguntó Isa—. Lo sabrán ya, si han escuchado a su maestro.

José titubeó, como si fuera suya la falta de los hermanos:

—Para que vengan a escucharte… para que encuentren el camino.

—Lo encontrarán también con Juan, si se arrepienten como él les ha enseñado.

Isa se detuvo y bajó la mirada.

—Los que no se arrepientan renegarán también de él, como han renegado de mi padre. Y se volverán con piedras contra mí, porque soy el hijo de mi padre.

Sobre la mesa, las mechas de las velas chisporroteaban y se ahogaban en el sebo de los cabos. Lázaro y Martha cambiaron una seña y se levantaron para dejarnos solos, como en la época en que Isa paraba en Bethania camino de sus viajes. José tardó un rato más, pues se iba al alba a Jerusalén y no vería a Isa hasta el sabbath. Esperamos a que se marchara.

Me levanté para sentarme a su lado. Llegué apenas al banco de los hombres. Había esperado ese momento desde el mediodía en el río, durante los últimos siete años, todos los días. De repente, dudé que él también lo hubiera esperado.

—José cree que has vuelto para quedarte —susurré, todavía sin acercarme.

—He vuelto a Israel —susurró Isa—, donde está ahora mi lugar.

Comprendí que no se quedaría en Bethania. Tampoco en Judea, ni en Galilea. Me lo había anunciado él mismo, siete años antes, cuando le había preguntado por su regreso. Era ahora cuando comenzaba su tarea. Sin embargo, eso sólo lo supimos después.

—¿Irás muy lejos?

Respondió con las palabras que había dicho entonces:

—Adonde me mande el Padre.

Pregunté entonces si vendría a verme pronto, sintiendo ya el dolor de su ausencia. Su rostro se ensombreció. Por un momento, fue otra vez el rostro de Juan, cuarteado por el desierto, cuando se encaraba con los esbirros del sanedrín debajo del sicomoro.

—Tú vendrás conmigo, Mariam —susurró.

Cuando levantó la vista, era otra vez el que había conocido en el jardín, el que me había llevado de la mano hasta la cumbre de Nazarah, el mío.

V

Regresamos varias veces a oír a Juan. Íbamos por detrás de los zarzales, hasta un alto desde donde se veía el sicomoro. Lázaro nos llevaba a Martha y a mí por entre el tumulto, e Isa se quedaba allí, oyendo desde lejos. Entre los seguidores de Juan muchos volvían cada día a lavar sus faltas en el río, y también muchos habían visto el fulgor. Isa aún no quería que lo reconocieran.

Los hombres del sanedrín volvían también a diario a provocarlo. Lo acusaban de blasfemo y de idólatra, porque sus discípulos se inclinaban hacia el este antes de bautizar. Decían que era agente de los samaritanos y que abominaba del templo, puesto que nadie lo había visto allí sacrificando. Juan escuchaba en silencio las injurias, debajo del árbol. Cuando insistían en que les dijera quién era, respondía con los versos de Isaías:

Soy una voz que clama en el desierto:
Allanad el camino del Señor.

Su voz tronaba bajo el cielo, exhortándolos a arrepentirse antes de que viniera el fuego. No para que se salvaran del fuego, como ellos creían, sino para que el fuego los encontrara limpios de faltas y purificara también su espíritu.

La última tarde, Isa se acercó al árbol, porque aún no había podido saludar a su primo. El bautista se volvió hacia él antes de que se acercara. Seguí su mirada y eché andar hacia donde Isa se había detenido.

—Pues en verdad os digo —bramó Juan—, hay uno entre vosotros que no conocéis, que purificará con el fuego vuestras almas. Tampoco yo lo conocí, cuando vino a mí, pero el que me envió a bautizar con agua me dijo: «Sobre el que veas descender un ángel, ese es el que bautiza con el fuego del Señor». Ese es el que yo dije que vendría detrás de mí. No soy digno de desatar la correa de sus sandalias.

En el tumulto, todos se miraban preguntándose quién podía ser. Algunos se habían vuelto hacia el alto y llamaban a Isa, pidiéndole que los bautizara. Isa había echado a andar y no oía ya sus gritos. Caminé por otro sendero, para que no lo encontraran siguiéndome a mí. Lo hallé solo entre las dunas del desierto

Cruzamos el río en una de las últimas barcas, esperando a que el tumulto se dispersara. Cuando llegamos al carro, Lázaro no estaba, pues se había quedado buscándonos entre los zarzales. Dos hombres que habían cruzado con nosotros se quedaron mirándonos y acabaron por acercarse. Hablaban con el acento que había tenido Isa antes de regresar a Bethshemesh. Habían bajado desde Galilea para que Juan los bautizara.

—Rabí —dijo el más fuerte de los dos—, le he dicho a mi amigo que eres el bendecido del que hablaba el profeta.

Pensé que iba a negarse, pero Isa sonrió mirándolo a los ojos.

—¿Qué quieres de mí?

—Dinos dónde vives, rabí —le pidió el hombre—, para que podamos seguirte y aprender de ti.

Isa volvió a sonreír. Le preguntó cómo se llamaba.

—Soy Simón, rabí, hijo de Juan el pescador.

—Te llamarás Pedro, porque eres piedra —le dijo Isa—. De piedras como tú está hecho mi camino y sólo andarán por él los que busquen la verdad de corazón.

Lázaro regresó al cabo de un rato y se sorprendió al encontrarnos en su compañía. Cuando subíamos al carro, Andrés, el que venía con Pedro, le recordó a Isa que aún no sabían dónde era su casa.

—Venid conmigo y lo veréis —les dijo Isa, invitándolos a subir.

Vacilaron avergonzados, porque debían viajar sentados junto a mí. Pero obedecieron lo que había dicho Isa. Ellos fueron los primeros discípulos que tuvo cuando regresó a Israel luego de sus viajes. Nosotros seguimos siendo sus hermanos siempre.

VI

Emprendimos el camino después de la pascua, con rumbo hacia Nazarah. Pedro y Andrés venían con nosotros, y también Felipe, otro galileo que había bajado con ellos a que Juan lo bautizara. Había aparecido en Bethania buscándolos e Isa le había dicho «Sígueme». Caminaban los tres delante del carro, haciéndole preguntas y escuchando sus enseñanzas. Iban contentos, porque el camino los llevaba hacia su tierra.

A los pies del Gerizim, Lázaro dio vuelta al carro y desunció un asno para que me llevara el resto del camino. Me abrazó emocionado pues era la primera vez que nos separábamos desde que yo había salido del templo. Isa le había pedido a él y a José que se quedaran en Judea, por si venían a buscarlo los antiguos discípulos de su padre.

—Que el ángel Rafael os acompañe —dijo Lázaro.

Puso la mano de Isa sobre la mía. Isa retuvo su mano sobre las nuestras.

—Que quede contigo hasta que volvamos a encontrarnos.

Nos reuniríamos en Caná cuando el trigo brotara de los surcos, en la casa de la familia de Mariam. También Martha y José vendrían a la fiesta.

El cielo empezó a encapotarse cuando dejábamos Samaria. En Esdraelón había nubes de tormenta y la brisa soplaba en largas ráfagas, doblando los pastos. Hicimos noche a los pies del monte Tabor, en la posada donde Lázaro y yo habíamos dormido en el primer viaje a Galilea. Los discípulos se miraron circunspectos cuando el dueño anunció que sólo tenía una pieza libre. Todavía no se acostumbraban a que una mujer sola viajara con ellos. Algunos nunca se acostumbraron.

La pieza estaba al final del pasillo excavado bajo la montaña. Isa se acurrucó junto al umbral, igual que había hecho Lázaro, y volvió la espalda después de alcanzarme el velador que le dio el dueño. Me arrodillé encima del jergón y abrí el atado donde traía el pañuelo de lino y el ramo de nardo, los cordones para las sandalias, la esponja de abeto, los paños limpios. Martha me había puesto también dentro un alfiler de plata de mi madre y una vara del rosal, un puñado de dátiles, medio pan y un queso.

Envolví la comida en el pañuelo y la puse en el suelo para que pudiera cogerla sin darse vuelta. Le arrimé luego la jarra y la jofaina, y los recogí después que se enjuagó la boca y se refrescó las sienes. También yo traía en el rostro el polvo del camino. Me lavé junto al jergón, de cara al muro. El velador había quedado en un taburete en medio de la pieza. Dejé a su lado una manta, para cuando le diera frío.

Más tarde, hablamos en susurros, en palabras entrecortadas por el chisporroteo de la vela. Invoqué a Anael, que nunca nos deja solos, mirando las sombras que se ahondaban bajo las salientes de la pared. Le recé a Gabriel, ya en lo oscuro, cuando Isa se quedó en silencio, para que disipara las otras sombras que se cernían sobre el jergón. Fue la primera noche que pasó a mi lado. Apenas dormí un momento.

VII

Los discípulos nos esperaban bajo el alero del pajar, donde habían pasado la noche. Empezó a lloviznar después que emprendimos la marcha. Cuando enfilamos por entre las colinas, el cielo seguía escurriendo gotas como un trapo negro. El sendero se desbarrancaba en lo alto de las pendientes. Pedro y Andrés echaron a andar adelante y empezaron a cantar para espantar la pesadumbre del mal tiempo. Callaron de repente.

Isa trató de encaminar el asno hacia los árboles, pero el animal reculó delante del pedregal. Yo aparté el rostro y escondí los ojos bajo el manto, pero era tarde. Había visto ya las tres cruces en lo alto del peñasco, del otro lado de la cuesta donde se habían detenido Pedro y Andrés. Bajo los travesaños, los cuerpos colgaban sin vida, con las caras vueltas a un costado, como guareciéndose del viento.

Remontamos la cuesta por el borde del barranco, porque ya no había manera de volver atrás. Cuando llegamos a la cima, Isa me estrechó la mano y con la otra siguió llevando las riendas. Por debajo de los pies de los cadáveres, las cruces eran tres árboles desnudos, sin ramas ni corteza. Cerré los ojos un momento y vi otra vez los cuerpos lívidos, con las cabezas cansadas, los ojos blancos hacia el cielo. Apreté con más fuerza los dedos de Isa.

—Son zelotas de las montañas —susurró Pedro taciturno—. No tienen ni un día allá arriba.

Señaló hacia lo alto, donde los buitres empezaban a descender en lentos círculos sobre el peñasco. Quiso decir algo más, pero Andrés le hizo una seña mirándome y lo tomó del brazo. Se alejaron sacudiendo las cabezas. Isa había mandado a Felipe a poner tres piedritas blancas bajo las cruces. Los zelotas merecían el reposo aunque los romanos tuvieran prohibido sepultarlos, para que sus espíritus erraran en las tinieblas.

Caminamos en silencio hasta la encrucijada de Nazarah. En el paso de las rocas, el sendero desapareció bajo los charcos. Isa abrazó el asno cuando el animal comenzó a trastabillar. Pensé en pedirle que nos volviéramos, antes que se cumpliera el mal presagio de las cruces. La muerte había llegado a las puertas de la aldea de su padre José. Del otro lado de las rocas, nos aguardaban las miserias.

Los hermanos eran seis o siete, pero parecían más, agolpados unos contra otros en el sendero. Algunos llevaban mantos grises por encima de las túnicas. Otros se habían atado los faldones en cuatro nudos, como los qumranitas que se habían hecho discípulos de Juan. Los recordaba a casi todos, de los meses que había estado en Nazarah. Por un momento pensé que habían salido a recibirnos.

—La paz sea con vosotros —saludó Isa.

Respondieron unos cuantos. Los otros apartaron los ojos. Isa les pidió paso y no se movieron de donde estaban

—¿Qué paz nos deseas —preguntó uno— cuando traes extraños entre nosotros?

—Son amigos míos —respondió Isa—. Vienen conmigo a la casa de mi padre.

—Tu madre vendió esa casa —le dijo otro—, ahora vive con sus parientes benjamitas en Caná.

—Sabemos qué clase de amigos tienes ahora —el primero volvió a hablar—. ¿Son acaso magos? ¿Adivinadores? No son los saduceos ricos, con los que partes el pan en Jerusalén. ¿Son tal vez sus criados?

—¿Por qué traes aquí a esta mujer con la que vives en peca-
do? —intervino uno más.

Escondí el rostro bajo el manto. Los discípulos habían ro-
deado a Isa, abrumados por sus insultos. No se atrevían a contestar.

—No es esto lo que te enseñó mi padre, Judas, hijo de Ana-
nías —le dijo Isa al que había hablado de último.

El que se llamaba Judas se escondió entre los otros.

—¿Eres ahora un maestro? —le preguntaron ellos.

—¿De dónde has sacado tu saber?

—¿Te crees el rey de Israel?

—Soy el hijo de José —respondió Isa—, a quien seguisteis
y honrasteis en vida.

—Te daremos posada en su nombre —le dijeron—, pero
éstos no podrán entrar.

Isa le pasó las riendas a Pedro para que diera vuelta al
asno. Contempló las casas blancas que empezaban tras la hondonada.

—En su tierra y en su casa desprecian al profeta —murmuró, y echó a andar. Al cabo de unos pasos, se dio vuelta—:
estaré en Caná de Galilea, Judas. Ven a buscarme.

Cuando llegamos a las rocas, Pedro le advirtió que algunos
cogían del suelo palos y piedras. Isa abrazó el asno y cruzamos a
toda prisa. Salimos por otro camino del valle de los nazareos.

VIII

Encontramos posada en Sepphoris, entre los albañiles que habían trabajado con José en el teatro de Antipas. Tomamos luego el camino de los romanos, hasta donde los arcos de mármol de Tiberíades se alzan sobre el lago de Galilea. A lo largo de la costa, las aldeas de los pescadores asomaban sus muelles de tablas sobre las olas grises. Isa iba delante llevando el asno, que ya no seguía sin que lo tiraran de las riendas. De cuando en cuando se volvía y me enseñaba las gaviotas sobre las barcas, un cormorán, una barca violeta. El sol de la mañana recortaba otra vez su espalda contra el camino. Mis ojos se perdían tras sus cabellos negros.

Dejamos atrás Genesareth y después Cafarnaum. Al tercer día de viaje llegamos a Bethsaida, de donde Pedro, Andrés y Felipe habían salido en busca de Juan. Los discípulos se adelantaron por entre las casitas blancas. Cuando llegamos al pozo de la aldea, estaban hablando con un anciano que se llamaba Natanael. Había peregrinado en otra época por Transjordania y por la Decápolis y, en el día del sabbath, era él quien comentaba las escrituras a los pescadores. Lo tenían por un sabio y un vidente.

—Hemos encontrado a ese del que hablaban los profetas —le dijo Felipe—, el que traerá otra vez la ley de Moisés.

—¿Quién dices que es? —preguntó Natanael.

—Es Isa, el hijo de José, el nazareo.

Natanael meneó la cabeza, apoyándose en su caña:

—¿Todavía puede salir algo bueno de Nazarah?

—Ven y lo verás —le dijo Felipe.

Cuando Isa lo tuvo delante, se inclinó ante él y dijo:

—He aquí un verdadero israelita en el que no hay falta.

—¿De qué me conoces? —preguntó el viejo.

—Te he visto hoy bajo la higuera, invocando al ángel Gabriel.

El anciano lo miró turbado, pues era bajo una higuera donde decía sus oraciones. Quiso postrarse a los pies de Isa, pero él no lo dejó arrodillarse.

—En verdad eres el hijo de tu padre, rabí —dijo Natanael—. Eres el retoño de nuestra tierra.

—¿Porque te digo que te vi bajo la higuera? —le dijo Isa con dulzura—. Te aseguro que, antes que llegue tu hora verás el cielo abierto, Natanael, y a los ángeles de Dios bajar entre los hombres con sus bendiciones.

Entre los pescadores corrió la voz de lo que había dicho Natanael. Vinieron a la casa de Pedro y le pidieron a Isa que les enseñara, puesto que era un maestro. Isa salió de la casa, ya que no cabían todos, y se sentó con ellos junto al pozo. A sus pies, había dos muchachos hijos de un pescador llamado Zebedeo, que lo escuchaban mientras remendaban las redes de su padre.

—¿Cuántas veces has bebido agua de este pozo? —le preguntó Isa al menor, que se llamaba también Juan.

El muchacho se encogió de hombros, porque había ido al pozo muchas veces.

—Y tú —le dijo Isa al otro, que se llamaba Yago—, ¿cuántas veces has venido y te has hartado de beber, pero has vuelto sediento al poco rato?

Yago tampoco pudo contestar.

—El que bebe el agua del pozo siempre tiene otra vez sed —dio entonces Isa—. Pero yo os daré agua de otro manantial, y entonces no tendréis sed jamás.

Algunos pensaron que hablaba del riachuelo que traía el agua hasta el pozo. Zebedeo, que estaba con sus hijos, le dijo en voz alta:

—Rabí, dime dónde está esa agua para que nunca tenga sed.

—Deja atrás tus faltas, Zebedeo, y la tendrás al alcance de tu mano. Limpia tu corazón para que entre en ti el espíritu de Elías, pues es él quien trae la paz de Adonai, que apacigua la sed y da la nueva vida.

Los discípulos se levantaron, creyendo que Isa iba a bautizar a los pescadores como Juan los había bautizado a ellos. Pero Isa no necesitaba bautizarlos, pues su palabra misma era agua del manantial del Árbol de la Vida. En sus ojos brillaba el fuego del ángel del Señor. Los pescadores estuvieron con él toda esa tarde y se quedaron con él para la oración. Muchos creyeron.

Al otro día, Isa llamó a Juan y a Yago y les dijo que lo siguieran. Los pescadores dejaron sus redes remendadas y subieron a la barca de Pedro, porque Isa quería recorrer los pueblos de la costa. Estuvimos en Gergesa y en Hippos, y más tarde cruzamos de vuelta a Cafarnaum y a Genesareth. Fuimos hasta la antigua Magdala, la que los griegos de Alejandro llamaron Tarichea, donde habitó mi familia hasta que los romanos destruyeron la fortaleza. La casa vieja de mi padre seguía en pie, pero las puertas y las ventanas estaban tapiadas con clavos. Recogí un canto del pozo y una flor amarilla del terebinto. De vuelta en Bethsaida, los envolví en el pañuelo, con el alfiler de plata y la cinta vieja del templo.

El mensaje de Mariam llegó en los últimos días de Iyyar. Le había preguntado a Isa varias veces cuándo la veríamos, porque Caná estaba apenas a dos jornadas de viaje. Dejé de preguntárselo cuando llevábamos un mes en Galilea, y empecé a contar por fin los días que faltaban para que Lázaro y Martha vinieran a la fiesta de Caná. El mensajero era Judas, el nazareo que me había insultado en el paso de las rocas. Había ido a Caná en busca de Isa y nos había encontrado preguntando por las aldeas. En ambas orillas del lago, todos hablaban ya del nuevo maestro de Bethsaida, que predicaba la vida nueva y vivía en casa de Pedro, el pescador.

Al anochecer, Isa vino a buscarme y caminamos hasta la playa. Anduvimos por el borde del lago y seguimos luego el curso del arroyo, hasta la lomita donde decíamos la oración. En las casitas de Bethsaida el fuego empezaba a parpadear tras las ventanas. Más allá, las barcas de los discípulos parecían animales tristes. De la luna de Iyyar, quedaba apenas un cabo blanco que titilaba bajo el lucero de Anael. Nos tomamos de la mano entre los cedros.

Más tarde, se sentó delante del umbral, en el cobertizo donde Pedro nos había dado albergue. Apagué el candil y me tendí en mi jergón, aunque sabía que esa noche tampoco podría dormir. El calor había entrado en la tierra y la brisa soplaba tibia, dispersando las últimas voces de la jornada. En los pueblos de Galilea, el trigo estaba segado y esperaba para ser pan.

IX

En el camino de los romanos, Isa mandó a Judas adelante para avisar de nuestra llegada. Mariam salió a esperarnos al otro día, en las pesebreras del cruce de Caná. Me miró vacilando cuando llegué a su lado a lomos del burro, igual que había llegado siete años antes a Nazarah. Tenía las manos arrugadas y las sienes ya grises, pero su rostro parecía más joven que entonces. Me recordó a mi hermana Martha. Al cabo de un momento, volví a mirarla. Vacilé también yo, sorprendida por el parecido entre las dos.

—Que Dios sea contigo, Mariam —dijo estrechándome las manos—. Bendito sea el fruto de tu amor.

Isa la tomó luego entre los brazos.

—Que Dios sea contigo, hijo mío —le dijo Mariam—. Que su bendición te acompañe como te ha acompañado hasta hoy.

Los discípulos estaban ya con nosotros y se miraban intrigados. Isa no quiso explicarles el significado de las palabras. Nos habían visto todo el día por la ruta, silenciosos, hurtándonos las miradas. Pero aún no entendían cuál era la fiesta que veníamos a celebrar a Caná.

Caminamos los tres siguiendo al criado que había venido con Mariam. A la entrada del pueblo, subimos por un sendero bordeado de cedros y pinares. En lo alto de la cuesta había un gran pórtico de columnas, como los de las mansiones de Tiberíades. Los parientes de Mariam aguardaban ya allí, junto con los cananeos que habían seguido en otro tiempo a José. Se acercaban a Isa y hacían una reverencia antes de abrazarlo. Abrazaban también a los discípulos, puesto que venían con nosotros.

—No sabía que eras dueño de un palacio, rabí —le dijo Pedro a Isa, cuando acabaron los saludos. Estaba avergonzado de su casita junto al lago, donde sólo había podido ofrecernos el candil y los jergones.

—¿No nos ha bastado una manta para dormir los dos por el camino? —le contestó Isa—. Esta casa no es mía, sino de Dios, que se las ha dado en préstamo a los hijos de Benjamín. Es una sombra de sus mansiones.

Los demás discípulos se juntaron en una esquina, admirándolo todo a su alrededor. Entre las columnas del patio, colgaban tapices y guirnaldas y, en la fuente, las cintas azules y blancas de Judá estaban entrelazadas con cordones púrpura y escarlata. Más adentro, en el jardín, las alfombras cubrían la hierba, entre las pértigas de cobre de los hachones. Los criados iban y venían por los pasillos, llevando cojines y jarrones.

—¿Es que los cananeos no celebran la Fiesta de las Semanas? —se preguntaban los discípulos—. ¿Dónde están las espigas? ¿Y el horno para los panes?

Tan sólo Judas estaba al tanto, pero Isa le había pedido que no dijera nada. Conocía a los hermanos de Caná, de la época en que iban a Nazarah. Les reprochaba su riqueza, aunque también ellos repartían sus ganancias y guardaban la enseñanza. Pero eso nos lo dijo sólo más tarde.

A mediodía, Mariam me llevó al piso de arriba, donde debía pasar la noche. La habitación me recordó mi cuarto del templo, por la jofaina y el baldaquín. La cortina de terciopelo daba a una terracita con una enredadera de jazmines, como la de la pérgola en Bethania. Desdoblé en la cama el atado de cosas y volví a doblarlo: eran tan pocas que temía perderlas en el arcón vacío que había contra la pared. Me asomé y miré hacia el sendero. Volví a entrar en seguida, porque los invitados empezaban a llegar. Nadie debía verme desde el jardín.

—Tus hermanos no tardarán —dijo Mariam—. Deben haberse demorado por los mercenarios.

Los mercenarios de Antipas habían salido al Jordán, según los rumores que llegaban a Caná. Sabía que Lázaro y Martha no corrían peligro, pues nadie los conocía, ni estaban persiguiéndolos, pero ya no podría hablar con Lázaro antes de la fiesta. Tampoco debía ver a Isa hasta la noche siguiente. Esa era la costumbre.

Pasé la tarde escuchando los ecos que resonaban en el patio. Por el camino del pinar subían carros de asnos y recuas de mulas, camellos polvorientos venidos de lejos, como los de las caravanas de Damasco. Las hermanas me visitaron después de la oración para traerme los lienzos de lino y el agua de flores para la jofaina. Martha vino por fin con la túnica y el pañuelo, pero apenas tuvimos tiempo de abrazarnos. En el jardín los hombres ya entonaban sus estrofas, y las mujeres les contestaban en coro, con voces alegres y cadenciosas. Me quedé dormida con las canciones.

Desperté en lo oscuro. Por un momento, creí que aún estaba en la casa de Pedro, junto al lago. Oí otra vez los pasos en las piedras, que había tomado por el golpe de las olas. Las estrellas brillaban más claras, como si supieran que la luna volvería a la siguiente noche para opacarlas. Salí y me acerqué a la enredadera del jardín. Sentí la frente húmeda al roce de las ramas. La voz se elevó justo a mis pies.

¿Quién se acerca en la espesura
como una columna de humo
perfumada de incienso y mirra
de todos los perfumes de la caravana?

La silueta blanca había aparecido en el agua de la fuente, bajo el lucero de Anael. Cerré los ojos. Canté también en un susurro:

Dime dónde apacientas tus ovejas
A dónde las llevas contigo a reposar.
¿Acaso he de quedarme sola
Cuando sales con tus rebaños?

Contuve al aliento, hasta oír otra vez la voz:

Ven conmigo, hermana mía
Mi amor, mi paloma
Mi frente está cubierta de rocío
Mis cabellos son negros como la noche.

Nos separamos cuando ya clareaba el alba. Volví al cuarto y tendí la túnica sobre el lecho. Levanté luego el velo delante de mi rostro. En el nudo del cordón había engarzado un ramito de romero, como el que Isa me había dado siete años antes. Había estado esperando su respuesta desde entonces.

X

Nos tomamos de la mano en la fuente, después de la oración del atardecer. Cruzamos luego bajo el arco de ramas de pino y subimos los tres peldaños para trenzar la cinta blanca de Judá con el cordón escarlata de Benjamín. Partimos juntos el membrillo y bebimos de la copa, y cantamos con los demás los versos del novio y de la novia. Las antorchas se encendieron bajo los arreboles. La lámpara de Israel brilló entre ellos, como la luna entre las estrellas, bajo la noche de verano.

Los parientes de Mariam fueron los primeros en acercarse, pues eran también parientes míos por parte de mi padre. Vinieron luego los discípulos, que no se habían apartado un momento de Isa y no dejaban de asombrarse. Los hermanos de Caná se inclinaron uno tras otro ante nosotros, y también los saduceos que habían subido con Lázaro de Jerusalén. Había también hermanos de Bethshemesh y de Sidón, mercaderes griegos de Sepphoris, caravaneros de la Decápolis. Todos habían conocido a Isa en el camino, a lo largo de sus viajes.

Cuando todos estuvieron sentados, tres hombres se levantaron y vinieron hasta nosotros. Me había fijado ya en ellos, en la fuente, porque llevaban tocas de puntas y grandes mantos de colores. Parecían magos o príncipes venidos de reinos remotos. El primero hincó la rodilla y tendió en el suelo un paño doblado. Se dirigió a Isa en arameo. Su voz era tersa y cadenciosa.

—Hemos seguido hasta aquí la estrella de Jacob, igual que la siguieron nuestros padres. Acepta estos regalos, maestro, pues desde tu nacimiento te han estado destinados.

Desdobló el paño. Dentro, había una diadema de oro, con doce rubíes incrustados.

—Que el Dios de la luz exalte tu gloria —dijo el hombre con una reverencia.

El segundo posó en el suelo un cofrecito de marfil lleno de granos de incienso olíbano.

—Que el Dios de la luz preserve tu alma inmortal.

El tercero traía una botella de alabastro con aceite de mirra.

—Que el Dios de la luz guarde tu amor —dijo, también postrándose.

Isa lo levantó del suelo y habló a los tres:

—Acepto estos regalos, puesto que el Dios que adoramos es Uno. Pero, hasta que el cielo disponga qué he de hacer con ellos, estarán guardados.

Me entregó la vasija de alabastro y dio el cofre de olíbano a Juan, el hijo de Zebedeo. La diadema se la entregó a José de Arimatea, pues sólo él conocía entonces su significado.

—La paz sea con vosotros —dijo a los hombres, cuando le pidieron su bendición.

—Quede contigo hasta que vengas de nuevo entre nosotros —le respondieron ellos.

Salieron uno tras otro del jardín. Todos habíamos de recordar más tarde sus palabras.

En las alfombras los huéspedes proseguían con la fiesta, ajenos a la visita de los magos. Algunos cantaban ya los versos de la felicidad y bailaban en corros, pues el vino corría de las jarras y la felicidad estaba en sus corazones. Cuando los hachones empezaron a humear, todavía nadie se había marchado. Mariam vino con nosotros y le avisó a Isa que el vino no tardaría en agotarse.

—No queda vino —le susurró por detrás de mí.

—¿Qué quieres que haga yo? —le contestó Isa—. Una sola gota bastará para saciarlos si es otra su sed. Mi hora no ha llegado.

Mariam me miró a mí y también yo miré a Isa. ¿Cuándo habría de llegar su hora sino en el día de su boda?

—Haced lo que él os diga —le dijo Mariam al maestresala de la fiesta, que había acudido con ella en busca de instrucciones.

Al cabo de un rato, Isa le dijo al maestresala que recogiera los restos de vino y los mezclara con el agua de las tinajas para la purificación. Ordenó luego que los criados llenaran las jarras y las trajeran al jardín. Cuando los criados regresaron con las jarras, el maestresala probó el vino mezclado con agua. Asintió con un gesto respetuoso.

—Todos esperan al final de la fiesta para servir el vino malo —le dijo—, pero tú has reservado el mejor.

Los criados repartieron las jarras y los invitados empezaron a servirse, pues muchos tenían la garganta reseca por los cantos y los bailes. Se servían y volvían a servirse, hasta vaciar otra vez las jarras. Aun los discípulos comenzaron a reír con los demás. Embriagados con el agua, entonaban la vieja profecía de Balam:

De su mano nacerá el agua
En el agua brotará su semilla
Una estrella vendrá de Jacob
En Israel se alzará un trono.

Fue así, en Caná de Galilea, como Isa empezó sus milagros y sus discípulos creyeron en él. Éste fue el primer signo de que la vida nueva había comenzado.

XI

Los parientes de Mariam nos acompañaron hasta Sepphoris, porque tras la alegría siempre es pronto para separarse.
Mariam siguió con nosotros al lago de Galilea, y también vinieron Martha y Lázaro, y José de Arimatea con los hermanos
de Jerusalén, que tomaban la ruta del Jordán. En las aldeas del
camino se quedaban mirando las mulas finas de José y el carro
de asnos, adornado todavía para la fiesta. Algunos reconocían
a Isa, y llamaban a sus familias y a sus vecinos. La voz del milagro del vino había corrido por la tierra. Todos querían conocer
al nuevo maestro nazareo y le pedían más milagros.

Mientras estábamos en Caná, Lázaro había hecho reparar
la casa vieja de Magdala para nosotros. Nos acomodamos en
uno de los cuartos de atrás, que daban al bosque, porque era
el más alejado de los otros. La primera noche, Lázaro encendió
la hoguera en el patio y Martha y Mariam entibiaron en ella
el vino de hierbas y la leche con miel. Isa y yo arrojamos en el
fuego la guirnalda, con el cordón azul y la cinta escarlata entre-
lazados. Lázaro encendió luego las seis teas, en el norte y en el
sur, en el oriente y en el occidente, a ras del suelo y en lo alto
de una rama, para que el cielo y la tierra nos acompañaran en
la felicidad.

Cuando ninguno me miraba, me deslicé hacia el cuarto,
alumbrándome con la vela de cera de abejas que me habían
dado las hermanas en la boda. Isa vino después con el velón de

esperma y dejó caer a su espalda las dos cortinas del umbral. En las esquinas del cuarto, ardían ya los cuencos con los sahumerios. El humo enlazó en lo oscuro el nardo y la canela, la menta y el regaliz, el incienso de olíbano y los pétalos de rosa de Bethania. Estuvimos solos.

Llegando el alba, oí en el bosque la llamada de la abubilla. Una alondra trinó luego y después cantó un ruiseñor. Del lado del lago se elevaron los graznidos de las gaviotas. Me asomé a la ventana y vi pasar la brisa entre los árboles, estremeciendo cada rama y cada hoja. También después, cuando nos sentamos delante del lago, cada ola se alzaba del agua y se me grababa en los ojos, como si la espuma nunca fuera a replegarse.

Sentí la antorcha de Miguel en el pecho, con el primer rayo de sol. Samuel atizó el calor en mis miembros, cuando caminamos hasta el lago. Rafael me abrigó con su tibieza cuando nos sumergimos juntos en el agua. Miré a Isa a los ojos y Ezequiel fue la luz en mis ojos. Gabriel bendijo mi alma con su paz. Bajo el cielo de la aurora, el amor de Anael latió una y otra vez en mi corazón.

—¿Por qué no me enseñaste nada de esto en la gruta? —pregunté, cuando nos recostamos a la sombra del terebinto que había junto a la casa.

Isa me acarició la mejilla. Era eso lo que me había enseñado.

XII

Volvimos a Genesareth y a Jorazín, a las otras aldeas donde Isa había sembrado primero el grano de sus enseñanzas. Los pescadores acudían en tumulto a su presencia, y algunos venían detrás de nosotros o cogían las barcas para seguirnos cuando regresábamos a Magdala. Tomábamos siempre otro camino, para que no encontraran nuestro refugio. Nunca supieron de él, aunque siempre estaban buscando a Isa en el lago, y por eso creían que caminaba sobre las aguas.

En Cafarnaum salió a recibirnos el centurión de la guarnición romana. Los discípulos se asustaron, pues tenían allí muchos amigos y parientes y habían avisado también a sus mujeres para que vinieran a verlos de Bethsaida. Tenían miedo de que viniera a arrestarlos para dispersar el tumulto.

El centurión se plantó ante Isa y agachó la frente con humildad.

—Tengo un hijo enfermo —dijo—. Sé que puedes curarlo.

—¿Quién te lo ha dicho? —le preguntó Isa.

El hombre lo miró sin contestar. Alrededor, todos lanzaban miradas inquietas, temiendo que llegaran los soldados.

—El cielo te ha dado ese poder —dijo el centurión—. Una palabra tuya bastará para sanarlo.

Isa alzó la vista al cielo. Lo escuché murmurar a mi lado los nombres de los ángeles.

—Vete —le dijo al centurión—. Tu hijo está curado.

Los presentes dieron gracias al cielo, pues los soldados habían entrado en la plaza buscando a su jefe. Empezaron a decir que el hijo del centurión se había curado en ese instante.

—Si no veis milagros no creéis —les dijo Isa con tristeza, mientras le pedían que remediara también sus males. Me hizo una señal para que nos marcháramos.

Desde entonces comenzaron a traerle enfermos, y también tullidos y endemoniados. Isa curaba a los que podía, pero a otros les faltaba la fe que había salvado al hijo del centurión. Muchos seguían y alababan a Isa, pero apenas escuchaban su enseñanza. Salíamos menos por el lago, y nos guardábamos en Magdala, en la casa de mi padre. Por la ruta del Jordán, llegaban también noticias sombrías. Los mercenarios de Antipas habían cruzado el río, y buscaban a Juan y a todos los que estaban bautizándose. Los caminos se habían vuelto peligrosos.

—¿Ha de temer al hijo de Herodes el bendecido del Señor? —preguntó Judas una noche, cuando cenábamos delante de la casa, a orillas del lago.

Lázaro y José le habían pedido a Isa que nos volviéramos con ellos a Judea, ante las noticias que llegaban del Jordán. Querían partir antes que entrara el calor y el viaje fuera más penoso.

—El tetrarca Antipas es desconfiado, como lo era su padre —dijo José—. No dudará en hacer prender a Isa cuando sepa cuánta gente lo sigue. Temen que los romanos le quiten su reino, puesto que ellos se lo han dado.

—El ángel Gabriel velará por nosotros —insistía Judas—. Y los romanos se pondrán de nuestra parte. ¿No has visto tú mismo al centurión de Cafarnaum?

Había vivido siempre en Nazarah, cuando los nazareos aún tenían paz, e ignoraba los manejos del mundo y las intrigas de la tetrarquía y el sanedrín y el palacio de Pilatos. Tampoco sabía que José había conocido al centurión en la época en que era un soldado en Jerusalén. Había sido él quien le había dicho que su hijo podía curarse.

Todos guardábamos silencio, porque Isa aún no había dicho su palabra.

Recuerdo ahora las acacias y los cedros de Magdala, donde buscábamos el fresco antes del atardecer. Subíamos luego a rezar a la sombra del terebinto, junto a las ruinas donde mis ancestros combatieron por Israel. Desde lo alto de las ruinas, el lago se extendía bajo las figuras de las estrellas. Los ángeles agachaban otra vez las cabezas sobre nosotros. Del lucero de Anael sólo quedaba un tenue fulgor en el horizonte. Era la luz de Jacob, que se extinguía hacia el oriente, de donde los magos habían venido a visitarnos.

Nos quedamos hasta tarde una noche, después que los otros habían vuelto a la casa. La brisa aún soplaba tibia, como en las noches de Bethsaida. Bajo las ramas del terebinto habían empezado a caer las semillas de los pistachos. Poco a poco, los días se hacían largos.

—¿Quieres volver a Bethania con tus hermanos? —me preguntó Isa.

—Volveré si tú quieres que volvamos.

—¿Y si yo no pudiera ir con vosotros?

—Entonces iré contigo —susurré—, aunque vaya con mis hermanos.

Guardó silencio, rodeándome el vientre con los brazos. Había entendido que pronto volveríamos al camino. Sin embargo, ya nunca estaríamos separados, porque la mirra del amor había ardido entre nosotros.

Cerramos la puerta con la llave de hierro, para encontrar la casa como la dejábamos. José marchó adelante rumbo a Tiberíades para otear el camino en busca de los mercenarios. Cuando llevábamos media jornada de viaje, reconocimos su mula levantando una polvareda por el camino. El rostro de Isa se ensombreció antes de que llegara con nosotros. El hijo de Herodes había apresado a Juan y le había cortado la cabeza.

IV

«De su boca saldrán parábolas
y enseñará lo que estaba oculto».

Salmos 78, 2

I

Entre los fariseos de Jerusalén había un anciano llamado Nicodemo de Gorión. Era rico e influyente, pero enseñaba a la gente sencilla, pues había aprendido sus enseñanzas del sabio Hillel. Los saduceos lo respetaban y lo temían, porque era un maestro de la ley y denunciaba sus abusos. Los demás fariseos lo tenían por su maestro. También se trataba con los hermanos, aunque no se dejaba ver en su compañía. Una noche, a los pocos días de que llegáramos, vino a Bethania con José de Arimatea, que era su amigo y se sentaba a su lado en el sanedrín.

—Señor, sé que has venido a enseñarnos —le dijo a Isa—. Nadie puede hacer los milagros que tú haces si Dios no está con él.

Isa lo escuchó, como escuchaba a todos. Pero Nicodemo no venía a pedir mercedes ni milagros.

—Muéstranos el camino de la verdad —le dijo a Isa—. Te seguiremos.

—¿No lo conoces tú, que fuiste discípulo de Hillel? —preguntó Isa.

Le repitió el precepto de Hillel, igual que me lo había repetido a mí. Las palabras resonaron en mis oídos como en la gruta de Nazarah: «Ama al prójimo como a ti mismo».

—¿No es esto lo que enseñas en el templo, Nicodemo? —le dijo Isa.

Nicodemo asintió, pero permaneció de pie delante de él, como si aguardara todavía su respuesta. José le ofreció una silla y Lázaro le sirvió de beber. Nicodemo mojó apenas los labios y dejó la copa en la mesa. Sus manos seguían firmes en el mango del bastón. El sudor le resbalaba por los surcos de la frente.

—Señor —volvió a decirle a Isa—, muéstranos el camino de la luz. No te lo pido por mí, que soy un viejo y pronto he de morir, sino por los que están conmigo y me piden que los instruya y les dé consejo. Muéstrales la luz para que te sigan y liberen contigo a Israel.

Isa le preguntó dónde estaban todos esos que habían de seguirlo.

—Dices que me seguirán, Nicodemo —le dijo—. Y sin embargo ninguno de ellos está aquí. Tú mismo has venido a escondidas a esta casa, pues tienes miedo de que te vean en mi compañía.

El anciano agachó avergonzado la cabeza.

—Perdona mis faltas, señor —dijo con voz grave—. Muéstrame el camino de la paz para que pueda morir tranquilo.

Isa se levantó entonces de su silla y lo ayudó a sentarse. Había conocido su corazón desde el principio y ahora que Nicodemo había hablado, se compadecía de su necesidad.

—Tú has perdonado a otros faltas más graves, Nicodemo —le dijo Isa—. Te aseguro que no morirás, sino que verás la vida nueva.

Nicodemo preguntó en un susurro qué vida nueva podía ver a sus años.

—Te digo que el que no nace de nuevo no puede ver la luz, ni puede seguir el camino de la verdad. Porque ningún muerto vive, sino que muere en las tinieblas.

—¿Cómo puede alguien nacer siendo viejo? —preguntó Nicodemo—. ¿Acaso puede volver al vientre de su madre y nacer otra vez?

Isa respondió:

—La carne nace de la carne y regresa a la madre tierra, que nos ha parido a todos. Pero los que escuchan la voz del corazón, nacen de nuevo en el espíritu. El cielo enciende en ellos su aliento, como la chispa hace arder el árbol. Nadie sabe a dónde va el viento, ni de dónde viene, y sin embargo todos oyen su voz, que arranca las hojas marchitas y trae el frescor. No te extrañe que te diga que debes nacer de nuevo, porque la verdadera vida sólo empieza en el espíritu.

—¿Cómo puede ser todo eso? —preguntó el anciano maestro fariseo.

Isa volvió a hablar:

—El Dios del cielo ha enviado su luz al mundo porque ama el mundo. Los que escuchen su palabra y sigan su ley despertarán y caminarán hacia la luz, pero los otros se condenarán a la muerte, puesto que caminan en sueños y ya están muertos. El que hace mal a su prójimo mata su alma, pues se aparta de la luz para que sus obras no sean descubiertas. Pero el que lleva el amor en el corazón busca siempre la luz para que se vean sus obras, que están hechas como el cielo quiere.

Desde esa noche, Nicodemo se convirtió en discípulo secreto de Isa. Fue él quien lo defendió de los fariseos cuando quisieron condenarlo.

II

Los discípulos se quedaron sorprendidos cuando Isa anunció que iríamos a Jerusalén, pues casi todos querían visitar el templo y las murallas, pero ninguno se había atrevido a pedírselo. Judas les había hecho saber que la ciudad y el templo estaban condenados a causa de los sacrificios de los saduceos. Era lo que había aprendido en Nazarah. Nunca antes había bajado a Judea.

—¿No peregrinaron al templo nuestros padres? —se preguntaban los demás—. Varios de nosotros ya hemos ido alguna vez. ¿Por qué ahora no podemos volver?

Sin embargo, otros dudaban a causa de lo que había contado Judas:

—El templo de Israel es el de Salomón, que los babilonios destruyeron. Éste que ocupa su sitio es obra de la vanidad de Herodes, que no es padre nuestro, sino de Antipas. Tal vez el maestro nos pone a prueba y no quiere que vayamos.

Isa los encontró discutiendo después de la oración. Veníamos con Leví, el recaudador de tributos que se nos había unido en Tiberíades. También a él Isa le había dicho «Sígueme». Y Leví lo había seguido.

—¿Qué crees tú, Leví? —le preguntó Isa cuando callaron los demás.

—Creo que el templo es la casa de la verdad, aunque los saduceos sean indignos de ella. Debemos ir a honrarlo, pues la luz de Adonai sigue estando allí.

Los demás se asombraron de sus palabras, porque lo menospreciaban por ser recaudador. No sabían que Leví descendía de los hijos de Aarón, los primeros sacerdotes de Israel.

Salimos temprano de Bethania, para llegar a Jerusalén con la gente que iba al sabbath del templo. Bajo los muros de la ciudad, Isa se detuvo en el huerto de olivos que pertenecía a José de Arimatea. Señaló con la mano la Puerta de las Ovejas y les dijo a los discípulos que subieran de dos en dos. Dudaron porque no querían ir sin él. El santuario los llamaba desde lo alto del monte, con sus frisos y sus pináculos dorados.

—¿Cómo hemos de ir si tú no vienes? —preguntó Pedro, aunque estaba deseoso de entrar en la ciudad.

—Tú tampoco vendrás adonde voy yo, Pedro —le dijo Isa—. Rezad hoy vosotros en el templo. Iremos juntos mañana.

También yo había querido ir con él a la ciudad, para pasear por las calles y las fuentes. Había imaginado que entrábamos juntos al templo, aunque yo misma ya no pudiera pasar de la cancela de las vírgenes y nunca fuera a enseñarle la glorieta, ni la ventanita de mi cuarto, ni tampoco la higuera que había velado los sueños de mi infancia. Pero me había anunciado que ese día teníamos otros menesteres.

Caminamos siguiendo el torrente del Kidrón, hasta los dátiles del huerto de David. En la puerta de la Fuente había ya un tumulto por el sabbath, y también en la ladera que llevaba a las pozas de Siloé. Bajamos por el barranco igual que yo había bajado diez años antes, el día en que conocí a Mariam. Los enfermos y los inválidos de Jerusalén estaban reunidos en torno a la poza grande. Se acercaba el final de Tammuz, cuando el ángel descendía al remolino.

—Hay mucha gente —le susurré a Isa, señalando a los enfermos.

Sabía que no había ido al templo para que no lo reconocieran todavía en la ciudad. Isa miró alrededor y suspiró.

—Nos verán, si es que han de vernos.

Se sentó a la orilla de la poza y se desató los cordones de las sandalias. Se lavó las manos y los pies para limpiarse el polvo del viaje. Se arrodilló junto a la orilla y rezó al ángel Gabriel para que purificara el agua e hiciera puros con ella a los hijos de Jerusalén. También yo me lavé y recé con él repitiendo las palabras. Isa estaba limpio y puro, desde antes de lavarse el cuerpo. Pero el agua de la poza procedía del altar del templo, donde los saduceos ejecutaban los sacrificios. Habíamos venido a limpiarla de esa sangre, para que fuera agua sagrada otra vez.

Cuando nos sentamos bajo los árboles, los enfermos seguían tendidos en la hierba, sin vernos ni oírnos. Uno solo se acercó arrastrando su camilla, pues era inválido de una pierna. Escrutó a Isa cubriéndose los ojos, como si lo encandilara el sol del mediodía.

—Cúrame, señor —le suplicó a Isa.

—¿Quién te ha dicho que puedo curarte? —respondió él.

—Durante treinta y ocho años he venido hasta esta poza y he rezado a Dios para que me curara el ángel del remolino. Hoy he visto tu luz y he sabido que tú eres el ángel verdadero.

Isa se hincó entonces junto a él y posó las manos aún húmedas sobre la pierna que tenía enferma. Las posó luego sobre las sienes y lo bendijo en nombre de Rafael. El hombre volvió a cubrirse los ojos y se echó atrás con un estremecimiento.

—Levántate, toma tu camilla y anda —dijo Isa.

El hombre apoyó el pie sano en el suelo. Apoyó también el pie enfermo. Isa lo retuvo cuando empezaba a dar saltos de alegría:

—Mira, tu pierna está curada —le dijo—. No se lo digas a nadie y da gracias al cielo. Limpia tu corazón para salvarte de peores desgracias.

El hombre lo prometió besándole las manos. Pero en seguida echó a correr con la camilla a cuestas. Los enfermos gritaban y se empujaban buscando en la poza al ángel del remolino.
Nos marchamos.

III

Cuando nos encontramos con los discípulos la voz había corrido por la ciudad. Ellos mismos habían visto al hombre en el templo, cuando iba a dar gracias como Isa le había dicho. Los fariseos lo reprendieron por llevar la camilla al hombro en el día del sabbath. También los habían interrogado a ellos, al oírlos hablar con acento del norte. El enfermo curado había dicho que su salvador era de Galilea.

Caminamos hacia el huerto de los olivos, pues se acercaba el atardecer. José de Arimatea le había dado a Isa la llave del huerto para que nos alojáramos en el cuarto que había encima de la prensa de las aceitunas.

—¿Por qué no te has revelado ante todos, maestro? —le preguntó Judas a Isa, cuando nos recogimos en el huerto.

Los demás habían querido preguntárselo, pero ninguno se había atrevido. Isa miró a Judas con paciencia.

—¿Cuándo viste a mi padre jactarse de sus obras, Judas? —le preguntó—. Yo no puedo hacer nada solo, sino con la bendición del cielo. El cielo ha devuelto la fe al hombre y la fe le ha devuelto la salud. Lo ha curado el agua sagrada de Siloé. Lo habéis curado también vosotros, rezando en el templo.

Los discípulos se alegraron aunque no entendían sus palabras. Sólo Judas escondió el rostro, pues era el único que no había entrado a rezar, por miedo a contaminarse de la impureza de los sacrificios.

A la mañana siguiente, volvimos juntos al templo. Esperé en la escalinata mientras Isa se lavaba los pies, para cruzar con él bajo el velo de la Puerta de la Hermosura. Cuando entramos en el Patio de las Mujeres, bajó la vista y se detuvo pensativo. Volvió a detenerse a la entrada del Patio del Aceite y delante del Patio de la Madera. Fue luego al Patio de los Penitentes y al Patio de los Leprosos. Los discípulos y yo seguíamos sus pasos, sin preguntarle a dónde nos llevaba. En cada parada juntaba las palmas de las manos y miraba al cielo. Estaba pidiendo por el templo, para que las bendiciones de los ángeles tornaran a sus patios. Había venido a despertarlo, porque el templo estaba dormido.

Cuando volvimos al velo de Israel la gente empezaba a mirarnos con curiosidad. Isa echó a andar de nuevo por el Patio de los Gentiles, entre los puestos de animales y las mesas de los cambistas. Los vendedores se nos acercaban ofreciendo tórtolas y pichones, porque las ovejas y los corderos estaban casi todos vendidos. Callaban uno tras otro cuando él pasaba a su lado y los miraba con tristeza.

—¿Por qué has hecho de esta casa un mercado, Tomás? —le preguntó a uno que seguía voceando aunque los demás habían callado.

El hombre reculó apretando una paloma contra el pecho.

—Hablo contigo, Tomás —insistió Isa—. Cada día vienes a la casa de Dios. ¿Por qué lo ofendes?

—Dime cuál es mi falta, rabí —dijo asustado el pajarero, porque se llamaba Tomás.

—Moisés dijo «No matarás», Tomás. Aun así, tú y tus vecinos habéis hecho del templo de Dios un matadero. En la casa de la luz, habéis sembrado el humo. En la casa de la paz, habéis vertido sangre. Habéis manchado de muerte la casa de la vida.

Los demás vendedores rodeaban a Isa, cautivados por la fuerza de su voz. Tomás se arrodilló en el suelo.

—¿Cómo puedo salvarme, rabí? —preguntó en un susurro.

Isa lo levantó y tomó la paloma que Tomás apretaba contra el pecho. El pájaro revoloteó entre los tenderetes y remontó el vuelo hasta lo alto del santuario, por encima del altar de los sacrificios. Los presentes ahogaron un grito.

—Las criaturas del cielo buscan la luz, pues el cielo las llama hacia la luz —dijo Isa—. Limpia tu corazón de vergüenza y abre estas jaulas. Déjalas volar.

Tomás se puso en pie y comenzó a abrir las jaulas de sus pájaros. Dos o tres pajareros siguieron su ejemplo. También el dueño de un corral abrió la puerta a sus animales. Los pájaros ya revoloteaban por todo el Patio de los Gentiles. Un cordero desorientado salió dando topes y derribó una vela encendida, y luego embistió contra las mesas de los cambistas. Las mesas cayeron en medio de la confusión y las monedas se desparramaron por el suelo.

—¡Ha llegado el Mesías! —gritaron—. ¡Éstos son sus signos!

Otros se arrastraban entre los animales, tratando de apropiarse de las monedas. Desde el suelo, los cambistas perjudicados insultaban a Isa, lamentando su desgracia.

—¿Quién te crees para hacernos esto? —le reprochaban—. ¿Quieres destruir el templo?

— Vosotros lo destruís con vuestra crueldad y vuestra avidez —les dijo Isa—. Pero yo lo levantaré en tres días de sus escombros.

—Cuarenta años tardó en levantarlo el viejo Herodes con mil hombres a su servicio. ¿Y quieres levantarlo de repente?

Pero Isa no les hablaba de las piedras y las columnas, sino del templo del corazón, donde el ángel del Señor enciende su luz. Muchos vieron la luz ese día que Isa vino al templo de Jerusalén.

IV

Estuvimos en el templo hasta la víspera del sabbath de los hermanos, sentados bajo la columna donde Tomás había tenido sus jaulas. La gente acudía a oír a Isa de todos los rincones del Patio de los Gentiles. Los que habían presenciado los signos se los contaban a los otros y todos estaban pendientes de él, aguardando signos nuevos. También los levitas lo vigilaban por si cruzaba el velo de Israel y reclamaba el santuario, como se decía que haría el Mesías. Pero Isa no había venido a cruzar el velo ni a reclamar el santuario que habían usurpado los saduceos. Había venido a traer la enseñanza para quienes tuvieran ojos para ver y oídos para oír.

Una tarde, mientras predicaba, pasó delante de él el tullido de la poza de Siloé. Lo reconoció entre el tumulto y empezó a gritar:

—Éste es el ángel que me curó. Yo me arrastraba por el suelo y ahora camino gracias a él.

Isa lo miró y siguió predicando como si no lo hubiera oído. El hombre volvió al cabo de un rato acompañado de los fariseos que enseñaban en el otro costado del patio, en las escalinatas reservadas a los maestros. También ellos empezaban a celar a Isa, porque muchos de sus seguidores los dejaban y atravesaban el patio para escucharlo.

—¿Eres tú el que curó a este hombre? —le preguntaron, señalando al tullido.

—Sólo el cielo nos concede la salud —les respondió Isa. El tullido insistió:

—Él me curó.

Los fariseos le recriminaron a Isa que lo hubiera curado en sábado y lo hubiera mandado cargando la camilla.

—El sol sale cada mañana y la noche no da espera —les respondió Isa—. El arroyo corre siempre y el árbol no cesa de crecer nunca. Nadie puede decirle al cielo cuándo ha de enviar la lluvia, ni a una mujer cuándo ha de quedar encinta.

Los fariseos se miraron circunspectos. Algunos se acariciaban la costura de sus túnicas para rasgársela en cuanto lo oyeran blasfemar.

—Has violado el reposo del sabbath y se lo has hecho violar a éste. ¿Cómo te sientas en el templo a enseñar como un maestro?

—Yo aprendo de quien me enseña y enseño a los que quieren aprender —les contestó Isa—. Lo decía vuestro maestro, el sabio Hillel.

Los fariseos se indignaron al oírlo pronunciar el nombre de Hillel.

—¿Qué pueden aprender éstos? —dijo el más viejo, señalando a los vendedores—. ¿Quiénes son estos discípulos tuyos que has traído de Galilea? No los hemos visto purificarse con los sacerdotes, ni traer una sola ofrenda. ¿Creen siquiera en Moisés? Si son gentiles y han cruzado el velo serán hombres muertos.

Pedro y Andrés se levantaron, pero Isa los hizo sentar con una seña.

—Son hijos de Israel, como vosotros, aunque ya no sepáis lo que eso significa —Isa citó de nuevo a Hillel—: no juzgues a tu prójimo si no quieres que te juzgue.

—¿Qué tienes que reprocharnos? —los fariseos abrieron los brazos para exhibir sus túnicas inmaculadas—. ¿Cómo te atreves? Citas a nuestro maestro sin haberlo conocido. ¿Cuál es el tuyo? ¿En nombre de quién hablas?

—Hablo en nombre de mi Padre, que me envió aquí.

—¿Quién es tu padre? —le preguntaron sin entender—. ¿Dónde está tu padre? ¿Qué palabras ha pronunciado para que podamos reconocerlo?

—Las habéis leído mil veces pero no sabéis reconocerlas. No necesita que den testimonio de él, porque su testimonio son sus obras.

Las costuras de los fariseos estaban cosidas con hilo blanco de Jaffa. Se las acariciaron otra vez, pero no llegaron a rasgárselas.

—¿Entonces te tienes por hijo de Dios? —le preguntó el maestro viejo.

—Dios es nuestro padre —Isa citó una vez más a Hillel—. Somos sus hijos todos.

Estuvieron interrogándolo hasta que se cansaron. Volvieron confundidos al otro lado del patio, porque Isa había contestado a todas sus preguntas.

Al atardecer, los criados de José nos trajeron dos mulas para el regreso. Salimos con la última luz para que no nos vieran irnos ni nos siguieran hasta Bethania. En la loma del molino, José nos esperaba para contarnos lo que decían de Isa en el sanedrín. Se quedó mirando a Tomás, el pajarero, que iba más adelante con los discípulos.

—¿Por qué viene ese con nosotros? —susurró José inquieto.

En el templo, el pajarero tenía fama de gárrulo y amigo de todos. José lo había visto más de una vez hablando con los guardias y con los levitas.

—Lo he llamado para que me siga —le explicó Isa.

—Entonces no nos traicionará —dijo José.

—No —dijo Isa—. No será él.

Más tarde, olvidé preguntarle por qué lo había dicho.

V

A comienzos del mes de Ab, los arroyos se secaron en las colinas. Empecé a quedarme en Bethania cuando Isa salía con los discípulos a predicar por las ciudades y los pueblos de Judea. La gente los recibía con desconfianza porque venían los días de la expiación y los caminos estaban llenos de profetas y penitentes. Pero a donde llegaban siempre había algunos que habían oído hablar de Isa y le pedían que los bautizara en la enseñanza. Juan Bautista había sembrado en Judea, y había uvas en su viña.

Cuando caminaban lejos, Isa enviaba noticias con el otro Juan, el hijo de Zebedeo el pescador. Mis hermanos y yo nos juntábamos en la pérgola para que nos contara del viaje, y Juan se quedaba más tarde conmigo para darme los regalos de Isa. De Mamré, el altar de Hebrón, me trajo pistachos del terebinto donde Sarai conoció al ángel del amor. De los altos de Techoa, cantos pulidos por el arroyo donde Jeremías lloró por Israel. De Etam, donde Sansón descansó, una varita de canela para que confiara y tuviera fuerzas.

Las horas pasaban largas en la sombra de piedra del reloj. Tras las cortinas de la siesta, las chicharras anunciaban lluvias que no venían, el sol era una brasa ardiente en un cielo de humo. Me tendía a descansar y daba vueltas en el lecho, hasta que me escocía la piel. Abría la cortina, pero con la luz no entraba la brisa, tan sólo el aire espeso, que olía a sebo y a bagazo. El agua del estanque estaba sucia. Entre los rosales, las polvaredas nunca acababan de levantarse. Tampoco mi voz se elevaba al cielo, cuando llamaba a los ángeles pidiendo sosiego.

Al atardecer, Martha me traía agua fresca para la jofaina. El sol cruel del verano iba apagándose por entre los rescoldos de los arreboles. También mis miembros iban aflojándose, poco a poco, como los juncos que ondean aliviados tras el vendaval. Cuando nos arrodillábamos con mis hermanos bajo la pérgola, los jazmines exhalaban su fragancia como un suspiro. Me quedaba después sola con Juan, y seguía su voz por los caminos, hasta donde estaba mi esposo.

Cuando la luna empezó a menguar, José vino para el sabbath con Nicodemo. Isa había regresado unos días antes de Jerusalén, después de predicar otra vez en el Patio de los Gentiles. Las noticias eran malas.

—Los maestros fariseos se han apaciguado gracias a Nicodemo —contó José—. Pero, en el sanedrín, los saduceos empiezan a inquietarse.

Los cambistas del templo reclamaban el dinero que habían perdido el día de las jaulas. También algunos vendedores se quejaban porque habían perdido sus animales. En realidad, ellos mismos los habían escamoteado para no pagar el porcentaje de su venta al sanedrín. Los cambistas exageraban sus pérdidas para evadir las comisiones. Los saduceos, que se enriquecían con el mercado del templo, se inquietaban por sus arcas.

—Temen que haya desórdenes con los penitentes, ahora que vienen las fiestas Tishri —añadió José—. También temen al procurador Pilatos.

Los penitentes de Elul llegaban alborotados a las fiestas, después de pasar todo el mes arrepintiéndose y ayunando. Pero este año los guardias los echarían del templo en cuanto empezaran a clamar contra los abusos de los saduceos y a anunciar el fin de Israel. El procurador Pilatos estaba esperando una excusa para suspender el sanedrín. Se lamentaba en público de que

Herodes hubiera erigido su templo magnífico para un dios que no tenía rostro.

—¿Qué dice la gente de Jerusalén? —le preguntó Isa a Nicodemo, que aunque era rico y trataba a los poderosos enseñaba entre los pobres.

—Unos dicen que eres otro bautista. Otros, que eres samaritano y quieres destruir a los judíos. Otros más proclaman que eres el Mesías y han visto tus signos —Nicodemo se detuvo—. Son más los que dudan que los que creen.

José le pidió entonces a Isa que volviera por un tiempo a Galilea. Los mercenarios de Antipas se habían retirado del Jordán y el propio tetrarca bajaría a Judea a festejar, aunque la sangre de Juan aún estaba fresca en sus manos. Nadie imaginaría que Isa había vuelto a sus dominios. En Jerusalén, los levitas tenían orden de seguir sus pasos. José había logrado que los saduceos desistieran de arrestarlo, pero también los discípulos estarían vigilados.

—Malos tiempos corren en Israel —recitó Isa— cuando los huéspedes echan de su casa al hijo del rey.

José se disculpó, pero Isa no lo decía por él. Supe que seguiríamos su consejo, pues la hora de Isa todavía no había llegado.

A la mañana siguiente encontré a Lázaro rezando en la gruta del jardín. Estaba allí casi todo el día, ahora que hacía demasiado calor para rezar bajo la pérgola. Durante la cena del sabbath no me había dirigido la mirada ni había hablado conmigo. Esperé a que acabara la oración. Vino a sentarse en el banco de piedra. No sabía cuándo estaríamos juntos otra vez, sentados en el banco, en Bethania.

—Estás triste porque hemos de separarnos —le dije.

—Ha de ser así —contestó. Sin embargo, su sonrisa era melancólica.

—Volveremos antes del invierno. No temas por nosotros.

—¿De qué sirve temer? La muerte nos aguarda a todos.

—Nos aguarda la vida nueva —dije, y repetí las palabras de Isa—: sólo el que vuelve a nacer en el espíritu deja de estar muerto en vida y vive en verdad.

—También muere antes de la muerte. Y debe apartarse de los que fueron su vida anterior.

Me extrañó el tono de su voz, tanto como las palabras. Sabía que Isa no se las había dicho a ningún de sus discípulos. Entendí que no estaba triste por él, sino por mí, por la prueba que me había destinado el cielo. Me abrazó por los hombros y me puso la mano en el vientre, interrogándome con los ojos. La aparté, negando con la cabeza. Por entre los rosales, el polvo volvió a arremolinarse hacia el cauce seco de la cañada. La tierra seguía yerma.

VI

Los discípulos se alegraron con la partida, pues nunca habían dejado de ser extraños en Judea. Sin embargo, también habían confiado en ver las fiestas de Sukkot en Jerusalén. Todos le habían preguntado a Tomás por las danzas de los levitas y las trompetas del recuerdo, las canciones que los peregrinos cantaban en las enramadas.

—Podemos cantarlas en el viaje —decía Pedro, animando a los demás—. Oiremos las trompetas, aunque ya vayamos cruzando Samaria. El maestro estará con nosotros

Isa decidió enviarlos a la ciudad, para que escucharan las trompetas en el Día del Recuerdo. Los dos iríamos más tarde, sin que lo supiera nadie, para que no corrieran peligro.

—¿Cómo podremos celebrar si tú no vienes, maestro? —le preguntó Santiago.

Todos vacilaron otra vez, como cuando los había mandado solos al templo.

—Lo celebraremos en el monte Tabor —contestó Isa—, cuando volvamos a encontrarnos.

Salimos al portal a despedirlos y esperamos hasta que doblaron la encrucijada. Lázaro trajo entonces los asnos y tomamos la antigua ruta de Belén, dando un rodeo por los montes. En la ribera del Kidrón había una puerta oculta en la muralla, donde una escalera trepaba hasta la ciudad vieja de David. Los hermanos tenían allí una casa desde los tiempos en que los saduceos habían usurpado el templo. José de Arimatea aguardaba allí el anochecer cuando venía en secreto a visitarnos.

Dejamos los asnos con Lázaro en el último meandro del Kidrón. Nos deslizamos por entre los juncales hasta el pie de la muralla. Isa me dio la mano cuando empecé a rezagarme en los escalones excavados en el barranco. La maleza nos escondía de los peregrinos que pasaban por la ruta, pero, en la muralla, los guardias estaban encendiendo los hachones. Creía ver una sombra en cada recodo, agazapada entre las rocas. Por encima de la muralla había nubes de tormenta, como en el cielo de los crucificados de Nazarah.

Entramos en la ciudad por las callejuelas del mercado. Cuando nos acercábamos al portón, tuve otra vez el mal presentimiento. En la casa de los hermanos habría apenas algunos novicios que iban de camino para Qumrán. Los monjes que atendían a los huéspedes sólo salían por la puerta de la muralla, para purificarse en el Kidrón. Vivían en medio del bullicio del mercado como si vivieran en el desierto, rezando y ayunando. Sin embargo, el sanedrín tenía espías en toda la ciudad. También había venido a la fiesta Antipas, el hijo de Herodes. Veía otra vez la sombra de Juan Bautista por entre las celosías, tras los postigos de los establos.

—No me dejarán entrar —murmuré, buscando una excusa para volver atrás.

Isa sonrió y me cubrió la cara con el velo.

—Vienes conmigo. Sólo tendrás que cubrirte el rostro para que los novicios no tengan miedo.

—¿Por qué habrían de tener miedo? —pregunté, aunque sabía que tendrían miedo de perder sus votos.

Isa me besó en la frente, a través de la gasa del velo. Ya había entendido que era otra la pregunta.

—¿Qué pasará si te ven en la ciudad?

—Los que quieren verme me reconocerán, aunque crean que no estoy aquí. Pero los que no quieren verme no me verán, porque temen que venga a la fiesta y el temor les nublará los ojos.

Nos apartamos al oír pasos del otro lado del portón. El hermano miró a través de la cancela antes de quitar las trancas. Nos condujo luego a cada uno por un pasillo, porque debíamos dormir en celdas separadas. Encendí mi velita de cera, aunque el pabilo del velador era nuevo y la última luz aún caía a través del ventanuco. Más tarde ausculté la pared blanca, imaginando que Isa estaba dormido justo detrás. Por las callejas, se oían todavía rebuznos y pasos distantes. Los peregrinos roncaban con las ventanas abiertas, descansando de la jornada. Cuando cerré los ojos en lo oscuro, las palabras de Isa retintinearon en mis oídos:

—Tendrán miedo porque eres sabia.

VII

Por la mañana, fuimos al piso de arriba para ver la fiesta desde la habitación donde comían los hermanos. Por el camino del Kidrón, había aún caravanas y recuas de mulas que levantaban polvaredas. Los tumultos se encontraban en el mercado y volvían a disgregarse por las callejas en largos ríos de gente, como las aguas que rebosan un estanque. En el monte del templo se elevaban ya las notas largas de la tekiah y las más cortas del shevarim, llamando al pueblo de Israel a recordar a su Dios.

—Si escucharan también la voz que resuena en la trompeta, con una sola nota estarían todos salvados —dijo Nicodemo, que había dejado por una hora su puesto en el templo para acompañarnos.

—Cada uno la escucha aunque no lo sepa —le respondió Isa—. Dios ha puesto en todos los corazones su recuerdo, para que cada uno lo busque y encuentre la paz.

Nicodemo se volvió hacia él y tomó emocionado sus manos:

—Maestro, ven conmigo entre los fariseos del templo para que oigan lo que has dicho y crean en la enseñanza.

Isa le soltó las manos. Le señaló a los peregrinos que se empujaban aún por las callejas, como hormigas en busca de la miel.

—Los ignorantes tropiezan y caen porque buscan a tientas la luz. Pero los que saben dónde hay luz y dan la espalda son culpables de su equivocación. Sólo ellos mismos pueden abrir los ojos.

Nicodemo inclinó la cabeza con desazón. Muchos fariseos del templo habían sido sus discípulos.

—¿No conocerán entonces la paz ni la vida nueva?

—La puerta es estrecha —dijo Isa—, pero permanece siempre abierta. Aunque se arrepientan con el último suspiro, el camino estará esperándolos. Pero si no se arrepienten no habrán vivido y con su cuerpo morirá también su alma.

Nicodemo empezó entonces a lamentarse, pues no había sabido librarlos de ese castigo del cielo.

—No es el cielo el que los castiga, Nicodemo —le dijo Isa—. Ellos solos se han castigado. Reza para que recuerden a Dios en este día. Mariam y yo rezaremos contigo.

Nos quedamos en la casa hasta el sacrificio del atardecer, para salir cuando todos estuvieran en el templo. Cuando nos alejábamos ya por el camino, un hombre llamó a Isa desde la orilla del Kidrón. Estaba sentado entre los juncales y no lo habíamos visto al cruzar la muralla. En el monte del templo, tronaban ya los clamores finales de la trompeta.

—¡Hijo de David! —gritó el hombre, sin levantarse.

Apretamos el paso, hacia el recodo donde Lázaro nos aguardaba con los asnos.

—¡Hijo de David! —volvió a gritar—. Ayúdame a levantarme.

Seguí andando sola unos pasos. Isa ya se había vuelto hacia los juncales.

—Compadécete de mí, hijo de David —le dijo el hombre—. Los guardias me han echado de la ciudad y no sé por dónde voy. Me han quitado mi bastón porque soy samaritano.

Me fijé entonces en su cara. Su mirada se había detenido en el rostro de Isa, como si pudiera verlo a través de las telarañas que le cubrían los ojos. Isa hundió las manos en el torrente para lavárselos. Las posó sobre sus párpados, invocando al ángel Rafael.

—¿Por qué me has llamado hijo de David? —le preguntó, sin descubrirle aún los ojos.

—He escuchado las trompetas antes de oír tus pasos por el camino. El rey de Israel sale de su palacio, me he dicho.

Isa levantó la mirada y dio gracias al cielo.

—Ve en paz y no mires a tu espalda. Mira sólo al camino, pues ya lo has visto.

VIII

En los brazos del Jordán empezó a mirar a su espalda, como si hubiera dejado algo atrás. Miraba y suspiraba, y se cubría la cara con el manto. Dejaba que la mula lo fuera llevando, sin dejar de suspirar. Cuando puse la mano en la suya, señaló al otro lado del río. En la ribera de Perea, el desierto se extendía tras los zarzales. Se habían cumplido tres meses desde la muerte de su primo Juan.

—Maestro, come —le dijo Pedro cuando paramos por el camino.

—Ya comí —respondió Isa.

Pero no había probado bocado en todo el día. Su voz era apenas un murmullo.

—Bebe al menos —insistió Pedro, pasándole el cuenco.

Isa se mojó los labios. Le dio las gracias.

Los demás callaban, temiendo que hubiera enfermado. Algunos se reprochaban por haberlo dejado solo para ir a escuchar la trompeta en la ciudad. Yo sabía que comería cuando tuviera hambre y bebería cuando tuviera sed. La fatiga también lo había abatido después de curar al paralítico en las pozas de Siloé. Su mirada se apagaba como el cabo de una lámpara.

En las faldas de Tabor, llamó con él a Pedro y subieron juntos a velar en la piedra de Abraham. Juan, el hijo de Zebedeo, vino a hacerme compañía y juntó las gualdrapas de las mulas para que me tendiera a descansar. Me recosté con mi atado bajo un roble, pero no conseguí cerrar los ojos. Pensé en Lázaro, que a esa hora estaría saliendo de la gruta, en Martha y Mariam, que ya debían haber encendido el candelabro para la fiesta. Los llevaba siempre conmigo, igual que a Isa. Pero cuando viajábamos con los discípulos, también estaba sola siempre.

Alrededor de la hoguera, los discípulos seguían murmurando. Oí en lo oscuro la voz de Judas. Era él quien había empezado con los reproches.

—Nos ha puesto a prueba y le hemos fallado. Lo hemos dejado solo por oír la trompeta, cuando su voz debía bastarnos.

—No estaba solo, sino con su mujer y su cuñado —corrigió Tomás—. Además, nos ha mandado él mismo.

Los demás seguían callados, echando miradas hacia el sendero. La estación de la alegría había comenzado con mal augurio.

Cuando bajó por fin del monte, ya se habían escondido las estrellas de la paloma. Se sentó delante de la hoguera y bebió agua del jarro. Comió del pan dulce que Tomás le había traído de Jerusalén. Los colores de las brasas se encendieron en su rostro. También los demás comimos y bebimos, pues era el primer día del nuevo año.

Isa se volvió entonces hacia Pedro, que no se había apartado de su lado. También Pedro traía el rostro nuevo, como si en vez de velar hubiera dormido. Su frente estaba limpia y sus hombros parecían más anchos.

—¿A dónde hemos de ir ahora, Pedro? —le preguntó Isa.

—A donde nos manda el cielo, maestro —dijo Pedro.

—¿Qué camino hemos de tomar?

Pedro contestó otra vez sin vacilar:

—El camino del reino de la paz.

Isa le preguntó entonces dónde estaba el reino.

—Está en este pan que hemos comido —dijo Pedro—, porque alegra nuestros corazones.

Isa miró entonces a Andrés, el hermano de Pedro, que era el siguiente por la derecha.

—¿Dónde está el reino, Andrés?

Andrés entendió al cabo de un momento lo que Isa estaba preguntándole.

—Está en el agua que hemos bebido —contestó—, porque sacia nuestra sed.

Isa miró luego a Felipe, el pescador:

—¿Dónde está el reino, Felipe?

—Está en este fuego, maestro, porque nos calienta y nos da luz.

—¿Dónde está el reino, Leví? —le preguntó Isa al recaudador.

—Está en la escudilla de la limosna, maestro, porque todos los dones vienen de lo alto.

Se lo preguntó también a Tomás, el pajarero que había venido con nosotros:

—Señor, ha de estar en el aire de este monte, donde ninguno teme nada.

—¿Dónde está el reino, Judas? —le preguntó entonces a Judas.

—El reino está en la ley de Moisés —sentenció el discípulo nazareo—, que prohíbe sacrificar.

—¿Por qué prohíbe sacrificar, Judas? —le preguntó Isa con dulzura.

—Porque la vida es una, rabí, y es toda de Dios. El que quebranta la vida no conoce el reino porque ha cerrado la puerta de su corazón, y los ángeles ya no pueden entrar en él.

—¿Por qué no pueden entrar, Judas? —insistió Isa.

—Porque ha dado muerte, rabí. Y él mismo ha muerto al darla.

Isa asintió con gravedad. Uno por uno, siguió preguntándonos a todos.

—El reino está en la enseñanza —dijo Juan junto a mí—, porque es la luz que despierta el alma de los hombres.

—¿Dónde está el reino, Mariam? —me preguntó Isa.

—Está donde estamos y también a donde vamos, porque el amor vive entre nosotros.

Así celebramos el Día del Recuerdo, en las faldas de Tabor. Era el decimoséptimo año del reinado de Tiberio, cuando el procurador Pilatos mandaba en Judea. Pero nosotros caminábamos hacia el reino de la paz.

IX

En el puerto de Tiberíades, un mercader amigo de Leví nos prestó una barca para que siguiéramos el viaje por el lago. Embarcamos hacia Magdala, e Isa mandó a Pedro y los otros pescadores a sus hogares, encargándoles que trajeran sus viejas barcas al cabo de unos días. También mandó a Judas a Caná, para que avisara a Mariam y la trajera a Magdala con una criada. Juan se quedó con nosotros hasta que vinieron, para ayudarme a preparar la casa y hacerme compañía cuando no estuviera Isa.

El verano había secado la fuente del patio y la alberca de la cocina. Juan cavó una zanja para que llegara siempre una gota de agua fresca del aljibe. Cuando Mariam vino de Caná, empezamos a coser juntas sábanas nuevas para el invierno. En la ventana que daba al bosque, colgué el alfiler de plata de la cinta raída del templo. También sembré la vara de rosal que me había dado Martha, aunque hubiera pasado la estación. Para cuando retoñara ya no estaríamos en Galilea.

En las aldeas de la costa los galileos aguardaban el regreso de Isa, por los milagros que había hecho en primavera. Algunos habían bajado a Judea para las fiestas y se habían enterado en el templo de los milagros que había hecho allí. En cuanto salió otra vez al camino, la gente volvió a buscarlo, pidiéndole que les enseñara y los curara y viviera entre ellos. Él se quedaba afuera de las aldeas, predicándoles y oyendo sus ruegos.

Atendía a todos los que podía, según las necesidades de cada quien.

—Maestro —le decía uno—, ¿cómo puedo lavar mis faltas?

—Te has equivocado —le decía Isa—. No vuelvas a equivocarte.

—Maestro, purifícame —le pedía otro.

—Estás purificado. Lávate cada día y reza a Dios para seguir limpio.

—Maestro —le decía uno más—, ven a mi casa y bendice a mi familia.

—Vuelve a tu casa y pide perdón a todos. El cielo te dará sus bendiciones.

—Maestro —le decían muchos—, queremos seguirte.

Isa le decía a cada uno:

—Llévame en tu corazón. Yo te llevaré en el mío.

A los que venían llorando, los acompañaba para que sus lágrimas se llevaran también sus penas. A los que traían endemoniados, los bendecía para que el amor expulsara de ellos la envidia y el orgullo. A los que tenían llagas y pústulas, les ponía emplastos con hierbas que mandaba traer a los discípulos. A los tullidos y a los paralíticos, les imponía las manos, como hacían los hermanos de Bethshemesh, para que el ángel del Señor entrara en ellos y el calor y la vida volvieran a sus miembros. Curaba a los que podía curar, y a los que Dios quería que se curaran, sin preguntarles quiénes eran ni si creían.

—¿Cómo ha curado a esos? —se asombraban algunos discípulos—. Ni siquiera eran israelitas.

Lo decían por unos paganos que habían traído a un endemoniado desde la otra orilla del lago. Habían huido despavoridos después que Isa lo había curado, pensando que los demonios quedaban con él.

—¿Qué está vedado a los ángeles de Dios? —les contestó Isa—. Estos extranjeros no conocen sus nombres y sin embargo han sido curados, porque el cielo es misericordioso. Pero vosotros los habéis conocido, porque el cielo ha querido que creyerais de corazón. No juzguéis. Rezad para que os hagan instrumentos de sus obras.

—¿Por qué no les has dicho esto a esos hombres? —le preguntó Judas, que estaba a su lado—. Si supieran invocar a los ángeles, también creerían y podrían curarse ellos mismos.

—¿De qué sirve una hoz en manos de un niño, Judas? ¿Puede segar el campo si no sabe caminar? «Esos hombres podrían curarse solos», me dices ¿Acaso alguno de vosotros se ha curado de sus males? Cuando bendije al endemoniado, recé a los ángeles para que ellos le dieran sus bendiciones. ¿Cómo podría rezarles él mismo, cuando la envidia lo carcomía y la cólera lo hacía retorcerse?

Isa prosiguió diciendo:

—El grano no llega al saco si el sembrador no ara el campo. Si el segador no ve por dónde anda, de nada le sirve llevar la hoz. Es uno el que siembra y otro el que siega, como dice el proverbio. Otros sembraron antes que yo, y ahora yo siego su cosecha. También vosotros habéis venido a recoger lo que otros trabajaron. Otros cosecharán los campos donde sembréis.

Los discípulos daban gracias al oír sus palabras. Todos los que lo escuchaban alababan su enseñanza. Cuando lo abatía la fatiga, venía a Magdala y dejaba a sus seguidores por los discípulos. Nos mojábamos los pies en el lago y pasábamos las tardes a la sombra del terebinto. Comíamos del mismo plato las sardinas y la salazón que la criada traía de Tarichea. En el lindero del bosque había manojos resecos de salvia y albahaca. Mariam y Juan se iban a dormir, antes que el aire fragante se elevara de los sahumerios.

Nunca le preguntaba cuánto iba a quedarse, ni cuándo había de irse otra vez. Tampoco él me hacía preguntas, cuando me veía regar el rosal mustio o encender la vela de cera, para que su presencia se quedara después conmigo. Una tarde que lo hacía de viaje me encontró yendo al lago con el cesto de las sábanas. Mis lágrimas lo entristecieron. No tuve tiempo de esconderlas.

—También Sarai, la de Abraham, tuvo que esperar —susurró—. Y Rebeca, la de Isaac. Confiaron en el cielo y Dios las bendijo con la simiente de su pueblo.

También yo había confiado, confiaba cada día. El cielo me había bendecido guardándolo a él de las trampas y los peligros. Pero Isa se había hecho hombre por los caminos, llevando la enseñanza a los hijos de Israel. Yo no le había dado ninguno, para que llevara su nombre.

Volví a doblar el atado con mis cosas, para acompañarlo en los viajes. Estuvo todo ese otoño segando y sembrando, con los que caminábamos tras sus huellas.

X

Un día fuimos más allá de Bethsaida, donde empezaban los yermos de la Decápolis. Nos seguía mucha gente y subimos a una colina para que pudieran vernos. Se sentaron todos en el suelo, pues habíamos andado desde la mañana. Casi era la hora de comer.

—¿Dónde encontraremos pan para esta gente? —preguntó Isa a Felipe.

—Ni con la pesca de un año podríamos comprar pan para todos —contestó Felipe.

—Mándalos a sus casas, maestro —dijo Leví—. Aquí estamos en medio del campo, pero podrán comprarse algo en las aldeas.

Isa insistió en que debían darles pan porque podían desmayarse por el camino.

—¿No sale el sol cada mañana? —les dijo—. También el mar trae cada día peces a las redes. Dios nos ha traído a todos éstos y debemos cuidar de ellos. ¿Dónde encontraremos pan, Andrés?

Andrés bajó entonces entre la gente y empezó a preguntarles quién tenía algo de comer. Al cabo de un rato, volvió con un canasto con cinco panes de cebada que un niño llevaba para su casa.

—Maestro —le dijo Andrés a Isa—, este niño nos ha regalado su canasto.

Isa le dio las gracias al niño para que todos escucharan.

Puso luego en alto los panes, uno por uno, para que los viera toda la gente, y los bendijo y los partió como solía hacer en el sabbath. Los discípulos doblaron sus mantos para llevar en ellos un puñado de pan y bajaron vacilando entre la gente. Pero en cuanto la gente los vio venir, todos empezaron a rebuscar entre sus ropas y en sus zurrones. Cada uno encontraba un mendrugo que no sabía que tenía. Algunos daban con trozos más grandes e incluso medios panes, y después de partir un trozo los echaban en los mantos. Los habían tenido guardados antes de ver al niño del canasto. Los ángeles se los tenían escondidos para que pudieran compartirlos.

Cuando todos estuvieron saciados, Isa mandó a los discípulos entre la gente para que recogieran el pan que quedaba. Volvieron con doce canastos repletos hasta los bordes. Llamó entonces al niño que había traído el primer canasto, y les dijo que le dieran todo el pan para que se lo llevara a su aldea. Los discípulos volvieron a vacilar, pues el niño ni siquiera podía con todos los canastos. Querían conservar una parte de las sobras por si se presentaba la necesidad.

—Todavía no habéis entendido nada —les dijo Isa—. ¿Por qué llamáis sobras al pan? Una vez hace falta sembrar para que el trigo dure los doce meses del año. Y esta cosecha de hoy tiene un dueño que sembró con generosidad. Os aseguro que el que dé como este niño, estará siempre saciado. Ved que lo ayuden a llevar los canastos, porque lo esperan en su casa.

Del tumulto, salieron doce hombres. Eran de Genesareth y el niño iba para Gergesa, pero habían oído hablar a Isa y querían ayudarle a llevar el pan. Los demás les abrían paso y besaban al niño, teniéndolo por un santo. De no haber sido por su pan, aun los que guardaban medios panes se habrían ido hambrientos.

XI

Hicimos noche en Cafarnaum, en la casa del centurión que había tenido a su hijo enfermo. A la mañana siguiente salimos temprano para Magdala, pues hacía una semana que estábamos de viaje. Los discípulos nos acompañaron hasta la salida de la aldea, para volverse con la gente que venía tras Isa. Pero la noticia del milagro había corrido por el lago, como si la llevara el viento. En el cruce de Jorazín encontramos un tumulto aún más grande que el de la víspera. Algunos habían venido en barcas desde Hippos y desde Tiberíades.

Isa retuvo el asno y me miró con impotencia. Bajé a tierra y me senté bajo un sauce, a sabiendas de que quizá no llegaríamos ese día a Magdala. No había venido en el viaje para que él estuviera conmigo, sino para estar con él y rezar a su lado mientras enseñaba. Caminó solo hasta la encrucijada y se sentó en una piedra. Después empezó a dibujar con el cayado en la arena.

—Rabí, te hemos estado buscando —le decían—. Muéstranos tus signos.

Isa siguió dibujando el Árbol de la Vida, para que las bendiciones de los ángeles estuvieran en sus palabras

—Os aseguro que no me buscáis —les dijo—. Venís detrás de mí porque comisteis y otra vez tenéis hambre. Procuraos no el alimento que pasa, sino el pan del cielo, para que conozcáis el cielo y no estéis siempre hambrientos.

—Danos ese maná, rabí —dijeron, creyendo que hablaba del maná de Moisés.

—Vuestros padres comieron maná y murieron —les dijo Isa—. Vosotros moriréis, y también yo, pero el que coma del pan que yo le doy verá la vida verdadera. Y vivirá conmigo porque yo he de seguir viviendo.

—¿Cómo así que morirá y seguirá viviendo? —murmuraban sin entender.

—El que quiere su vida la perderá —les dijo—, pero el que renuncie a ella y la pierda, ganará la vida del cielo, que es vida en la luz y en la verdad. La lámpara del amor se encenderá en su corazón y arderá en él siempre.

Volvieron a murmurar:

—¿De qué lámpara nos habla? ¿Cuál es el pan que va a darnos?

Isa les dijo:

—Mi pan es el pan de vida. El que escucha mi enseñanza come mi pan y conoce el cielo: la paz de Dios está con él, como está conmigo. Dios me ha dado este pan para que a todos lo dé y lo reparta entre todos, porque alcanza para todos. El que cree en mí y come mi pan no tendrá hambre. El que bebe del agua de la enseñanza no tendrá sed.

Le dijeron:

—Señor, danos siempre de ese pan.

—No lo doy yo. Os lo da el cielo. Podéis ir en paz.

Entendieron que no hablaría más. Sin embargo, no querían irse porque la palabra de Adonai estaba con él. Uno por uno fueron apartándose de la encrucijada, para que pudiéramos pasar. Isa vino por mí al sauce y me subió en brazos al asno. Cuando pasamos por entre el tumulto, me envolvió la alegría de sus rostros.

De Cafarnaum había venido con nosotros un hombre llamado Simón. Le decían Simón el Zelota, porque había estado en la rebelión contra las legiones. Los romanos lo habían hecho esclavo, pero el centurión de Cafarnaum le había devuelto la libertad para que fuera con Isa.

—¿Por qué dejáis a vuestro ejército, señor? —le preguntó a Isa cuando dejábamos la encrucijada.

—Son hombres libres, Simón —respondió Isa—, pueden irse cuando quieran.

—¿Y si vienen tus enemigos? —preguntó Simón.

En la casa del centurión nos habíamos enterado de que Antipas había vuelto a Galilea. Según los rumores, estaba ya al tanto de las andanzas de Isa y temía por su reino. «Es el espíritu de Juan», decían que se lamentaba, «ha vuelto de la muerte para atormentarme».

—Te defenderé yo solo —dijo Simón, al ver que Isa callaba. Nos enseñó la funda de cuero de su puñal de esclavo.

—Tira ese puñal si quieres venir con nosotros —le dijo Isa—. Yo he venido a traer la vida de la paz. La muerte ya está en la tierra.

XII

En los primeros días de Tebbeth, Lázaro subió con el carro de asnos por la ruta del Jordán. Martha vino con él para acompañarme en el viaje de vuelta. Las parientas de Mariam se acercaron desde Caná al saber que vendría con nosotros, y le regalaron una cajita de nácar con pétalos de flores de Galilea. A mí me trajeron las manzanas del amor y el dulce de membrillo, aunque desde la boda ya habían pasado nueve meses. Me las dieron cuando estábamos solas para que no me entristeciera.

Los discípulos estaban sorprendidos de ver a Isa con sus primas, que lo abrazaban y lo besaban siguiendo la costumbre de los hermanos. Habían viajado con él por todo Israel, desde la linde de Sidón hasta el desierto de los nabateos, pero seguían siendo pescadores del lago, hombres tímidos.

—¿Cómo es que las besa a todas? —murmuraban—. ¿No tiene ya mujer?

Me miraban a mí, como esperando una explicación. Pero también las hermanas me besaban, para aliviar la despedida.

—¿Es que piensa dejarnos? —preguntaban los discípulos, viendo el carro de asnos y las mulas para el viaje—. Las mulas están cargadas para ir lejos.

Isa pensaba bajar con nosotros hasta Tiberíades y regresar con ellos a Bethsaida, para que se despidieran de sus familias. Cruzarían luego el llano de Esdraelón, para bajar a Judea por las trochas de Samaria. En la ruta del Jordán, un puñado de hombres solos atraería la atención de los espías del sanedrín. Por las trochas también estarían a salvo de los mercenarios de Antipas.

El día de la partida, salimos todos juntos al camino. Cuando enfilábamos hacia Tiberíades, Simón el Zelota avistó un puñado de hombres que se acercaban por el rumbo de Genesareth. Venían a lomo de mula, salvo por uno que caminaba adelante, tropezando y dando gritos. Los otros desmontaban para levantarlo y procuraban hacerlo montar, pero el hombre volvía al suelo y se echaba polvo en la cabeza. En cuanto nos vio comenzó a llamar:

—¡Profeta! ¡Rey nazareo!

Isa se dio la vuelta. El hombre cayó a sus pies.

—Profeta —le dijo—. Salva a mi niña.

Los que lo acompañaban miraron a Isa abochornados.

—La niña está muerta —le dijo uno en voz baja—. No quiere creerlo.

El hombre seguía revolcándose en el polvo. Traía los pies descalzos y el manto desgarrado, pero su túnica era de púrpura fina. En la mano llevaba el anillo de los sacerdotes de Israel.

—Profeta —volvió a decir—, soy indigno de ti. Te suplico que cures a mi hija.

Isa volvió a mirarme como en el cruce de Jorazín. No podíamos despedirnos delante de todos, en medio del camino. Dimos vuelta a las mulas, para seguir al hombre que había perdido a su hija.

Cuando llegamos a Genesareth, había un tumulto de deudos delante de la casa. Dentro, los músicos tocaban ya los pífanos para la marcha del entierro. Los familiares del sacerdote se volvieron desconcertados al verlo venir con la ropa desgarrada y en compañía de desconocidos. Había salido la víspera de la casa sin decirles a donde iba.

—¿Dónde está la niña? —les preguntó Isa.

—La dejamos en su cuarto, doctor —le dijo la madre, tomándolo por el médico—. No habría muerto si hubierais venido ayer.

El sacerdote la apartó, de nuevo sollozando:

—Se ha quedado dormida otras veces, profeta. Dios la despertará si se lo pides.

Isa alzó la voz entonces:

—Que callen los músicos. La niña no está muerta, sino dormida.

Los familiares repitieron que había muerto. Algunos se echaron otra vez a llorar. Las plañideras del entierro rieron con nerviosismo. Isa repitió la orden:

—Que salgan todos. La niña duerme y está por despertar.

Llamó entonces a Lázaro, a Pedro y a Juan para que entraran con él. En el umbral, se volvió a mirarme como me había mirado en el camino. El temor me asaltó de repente y empecé a rezar la oración de Rafael. Por la ventana de la casa, había visto el rostro blanco y menudo bajo los velones. Las cortinas se cerraron. Oímos adentro un grito. Era la hija del sacerdote, que había despertado de su sueño.

V

«La paz está en el corazón del silencio».

Evangelio de la paz II, VI comunión

I

Por la ruta del Jordán, el cielo escurría largas gotas entre las varas de los juncales. La marca de las ruedas se alargaba cada vez más honda en los barriales. Habíamos viajado los dos días bajo la llovizna, por miedo a que nos reconocieran en las posadas. De vez en cuando, Isa alzaba la cabeza y miraba a través del río, hacia el desierto donde había estado con su primo Juan en otros días. Luego volvía a recostarse en mi regazo.

A la altura del monte Ebal, unos soldados aparecieron al borde del camino. Lázaro acortó las riendas y se descubrió para que pudieran verle el rostro: no eran hombres de Antipas, sino legionarios de Roma, con los cascos y las corazas empañados por la llovizna. No nos harían daño a menos que mostráramos temor.

Los legionarios cruzaron las lanzas en medio del camino. Lázaro detuvo el carro y el decurión de la patrulla vino a nuestro encuentro. Un relámpago recortó los peñascos del monte contra el cielo. Isa se volvió en sueños y sentí sus cabellos mojados contra mi vientre. Recordé a los muertos que había visto colgando de las cruces el año anterior en Galilea. Ebal había sido un lugar de desgracia desde que Jacob pronunció en su cima las maldiciones de Israel.

El oficial preguntó a dónde nos dirigíamos. Lázaro respondió y él y Juan se abrieron los mantos, para que supiera que no iban armados. Antes de entrar en la ruta del Jordán, habían escondido los cuchillos. El hombre me miró entonces de hito en hito. Se detuvo por fin en Isa.

—Está enfermo de fiebres —dijo Lázaro, haciéndome una seña—. Lo llevamos a curarse a Bethania.

Aparté el manto de Isa, para que tampoco a él lo tomara por un zelota fugitivo. Otro relámpago le iluminó el rostro pálido y las costillas que le asomaban bajo la ropa.

—Pasen —ordenó el decurión, pero siguió sin quitarme la vista de encima.

También los soldados tenían la mirada torva y los rostros cenicientos como los de los muertos. Descruzaron las lanzas para que siguiéramos adelante.

Cuando llegamos a Bethania, la noche había caído. La antorcha del portal estaba encendida y, adentro, ardían las lámparas y los braseros. Lázaro había enviado a Juan adelante para preparar nuestra llegada. Entraron los dos con Isa en brazos. Cuando atravesaban el patio, abrió los ojos y miró encandilado alrededor.

Preguntó dónde estaban los otros.

—Estarán todavía por el camino —le dijo Juan—. Fueron a despedirse de sus familias, como les mandaste.

Isa agachó soñoliento la cabeza.

—¿Están ya todos juntos?

—Pedro y Judas encontraron a los que faltaban —le dijo Juan—. Maestro, descansa.

Los discípulos se habían dispersado por Genesareth después del milagro de la niña. Mientras el sacerdote y su mujer daban gracias, algunos vecinos habían recogido piedras acusando a Isa de ser un demonio.

—¿Está con ellos Simón, el nuevo? —preguntó Isa, cuando lo tendían en la cama.

Lázaro lo tranquilizó:

—Está con ellos, hermano. Vendrán por las trochas de Samaria para no encontrarse con nadie.

Los legionarios del Jordán no serían igual de condescendientes con una docena de hombres solos. Simón temía más que ninguno, porque había combatido contra ellos al lado de los zelotas. Isa preguntaba también por él porque era el último de los discípulos y apenas había escuchado la enseñanza.

Me quedé velando junto al lecho por si volvía a despertar. En la última hora de la noche, empezó a agitarse y habló en sueños llamando a los ángeles como en la casa del sacerdote. Su respiración se fue sosegando. Abrió los ojos y me sonrió. La sombra del milagro había quedado atrás.

Al día siguiente, salimos a pasear por el jardín. Todavía guardaba silencio y se detenía de vez en cuando, pero sus pasos eran firmes en el sendero. Sus ojos estaban limpios y me miraban como antes.

—¿Por qué has temido por mí, Mariam? —me preguntó cuando nos sentamos ante la gruta donde estaban enterrados mis padres.

También él había visto mi rostro en el camino desde Genesareth. No había cesado de tener miedo desde que entró en la casa del sacerdote.

—¿Has de sufrir tanto para curarlos?

Isa suspiró hondo.

—El sacerdote ha sufrido, Mariam. Su mujer ha sufrido porque a su hija la llevaban a enterrarla. Yo he sido dichoso porque ambos han creído y la niña se ha curado.

Recordé el rostro de la niña tras las cortinas de la casa de Genesareth. Al cabo de un rato, había visto salir a Isa en brazos de Juan y Lázaro, igual de pálido, encogido como un pájaro bajo la lluvia. Tuve miedo de que los ángeles no estuvieran ya con él.

—Creí que estabas muerto —le confesé, bajando la mirada.

—¿Cómo puede un muerto curar a un muerto? —dijo sorprendido—. El ángel del Señor ha tomado mis manos y las ha colmado de bendiciones. Me ha puesto su aliento en el pecho para que el corazón de la niña despertara. No he sido yo el que le ha impuesto las manos, ni el que ha recitado las oraciones. Pero no he estado muerto, sino vivo, porque el cielo ha estado conmigo y la vida misma ha estado en mis labios.

Nos quedamos lado a lado, mirando las sombras de la gruta.

—Prométeme que no volverás a temer, Mariam.

Sonreí y aparté el rostro, pero insistió en que se lo prometiera. Me enseñó luego el nombre secreto para ahuyentar todo temor del corazón. Trazó con el cayado los signos en la arena.

II

A la noche siguiente, vino a visitarnos José de Arimatea. Los espías del sanedrín ya habían traído noticias del portento de Genesareth. Los saduceos habían llamado al sacerdote que había perdido a su hija para despojarlo del anillo y de la túnica. Su intención era juzgarlo y condenarlo.

—¿Qué falta ha cometido? —preguntó Juan—. Él ha dado gracias a Dios y sus vecinos nos han apedreado.

—Lo acusan de conjurar al demonio para que su hija volviera a la vida. Dicen que Isa le enseñó los conjuros. No tienen pruebas pero lo condenarán para escarmentar a otros.

Los seguidores que Isa había hecho en el templo recordaban todavía sus enseñanzas y los saduceos querían atemorizarlos para que dejaran de creer en él.

—También prendieron al ciego que curaste en la Fiesta de las Trompetas —dijo José—, pero tuvieron que soltaron porque era samaritano.

Los samaritanos no eran judíos y el sanedrín no podía juzgarlos. El ciego seguía yendo cada día a la Puerta de la Fuente, a proclamar que el rey de Israel lo había hecho ver. Cuando le preguntaban quién era su rey y de dónde venía, contestaba que se lo había encontrado en los juncales del Kidrón. Los romanos de la guardia lo tenían por loco, pero los saduceos creían que lo había curado Isa. Vigilaban al ciego confiando en que los condujera hasta Isa.

—¿Saben entonces que está ya en Judea? —se sorprendió Lázaro.

—No lo saben, pero lo sospechan —dijo José—. Están seguros de que no querrá quedarse en tierras de Antipas, después de lo que ha pasado.

El tetrarca Antipas montaría en cólera cuando supiera que el primo de Juan Bautista resucitaba a los muertos en sus territorios. Según contaban, aún veía a Juan en sueños cargando su cabeza en una bandeja.

—También te acusan de hacerte dios y de invocar el nombre prohibido —añadió José, para decirlo todo de una vez—. Los levitas ya tienen orden de prenderte y llevarte ante el tribunal. Nicodemo y yo no pudimos impedirlo.

Habíamos dejado Judea hacía apenas tres meses para alejarnos de las amenazas del sanedrín. Volvíamos ahora, huyendo también de Antipas, y desde antes de llegar teníamos que escondernos. Empecé a repetir en silencio la invocación que Isa me había enseñado. En la espesura, creía distinguir las siluetas de los levitas, con los bastones y los turbantes. Los saduceos no se atreverían a mandarlos a Bethania por miedo a las represalias de los romanos. Los ángeles podrían protegernos mientras estuviéramos en la casa.

Nos quedamos conversando hasta que los pabilos comenzaron a parpadear. Lázaro bajó luego a la gruta y Juan fue con él. Martha y Mariam se habían ido a dormir, fatigadas por el viaje.

—¿Cuándo piensas mostrarte, hermano? —le preguntó José a Isa.

Isa miró impasible hacia el jardín. No había dicho una sola palabra en toda la noche.

—¿No me han mostrado acaso mis obras?

—No todos las conocen —replicó José—. Y otros quieren esconderlas para que nadie más sepa de ti.

—He enseñado en el templo delante de todos —dijo Isa—. ¿Quién quieres que me vea?

José vaciló como si temiera ofenderlo.

—Los romanos. No conocen la enseñanza, pero te reconocerán al ver que te sigue la gente. El trono de David está en sus manos. Y detestan a los saduceos del sanedrín. Sé que el procurador Pilatos ha preguntado ya por ti.

Recordé el encuentro con el decurión y los soldados en las faldas de Ebal. Isa se adelantó a mis pensamientos.

—No conocen la enseñanza, dices. ¿Cómo pretendes que me reconozcan? ¿Crees que el sol duerme en los charcos, como los niños de los samaritanos? El trono de David no está en el palacio de Herodes, José, sino en el corazón de los hijos de Israel. No lo bendicen los hombres, sino los ángeles. Su único dueño es Adonai, porque Él solo reina sobre el cielo.

José abrió entonces una alforja que traía y sacó un paño doblado por la mitad. Dentro, estaba la diadema de oro que los magos de Persia le habían llevado a Isa a Caná.

—Te he traído tu signo, hermano. Tú mismo me lo diste a guardar.

Isa dobló otra vez el paño.

—Aparta esta diadema, hermano José, y no me des más consejos. Quédate a mi lado hasta que llegue mi hora.

III

En el patio del estanque florecieron los almendros. El viento empezó a soplar del sur y en el cielo de la noche asomaron las estrellas de los peces. Subíamos a la pérgola para verlas aparecer y nos quedábamos junto al brasero hasta que se extinguían los carbunclos. En las noches del sabbath, Martha y yo poníamos la mesa en el patio, con los platos de cobre y la copa de vidrio de Siria. Cenábamos con los discípulos y los hermanos que venían de Jerusalén. El calor y el vino de la fiesta seguían reverberando entre las columnas, después que todos se iban a dormir. Más tarde, se oía la gota del estanque, el murmullo de la fuente, más lejano.

Durante el día Isa trabajaba con los discípulos en el jardín. Les enseñó a limpiar la tierra y a podar los olivos, y también a sembrar las vides en la pendiente de la cañada. Al principio casi todos pisaban los surcos y descabezaban las azadas. Judas ayudaba a Isa a instruirlos, pues había crecido en las eras de Nazarah. Pero de vez en cuando perdía la paciencia:

—¿Cuándo saldremos a predicar, maestro? —le preguntaba—. Los que nos seguían el año pasado por Judea deben de estar esperándonos.

—Nosotros te defenderemos, rabí —le decía Simón el Zelota, pensando que Isa retrasaba la partida por temor—. Vamos a Jerusalén, allí no te apedrearán.

También Tomás ansiaba volver a la ciudad para ver el templo y visitar a sus amigos pajareros. Ninguno sabía de las amenazas que pendían sobre Isa. Nos había pedido que no se las dijéramos.

Al atardecer, venían todos al estanque a purificarse antes de la oración. Se lavaban como él les había enseñado: las manos y los pies, luego la boca, los ojos y las sienes, para estar puros de acto, palabra y corazón. Martha y yo los seguíamos hasta la gruta, y nos sentábamos luego con todos para estar con Isa y oír sus enseñanzas. Lázaro se reunía con nosotros más tarde. Desde la visita de José no había dejado de rezar.

Una noche, cuando acabábamos de cenar, apareció por la casa una carreta como las que llevaban leña a Jerusalén. El cochero se detuvo ante el portal y una mujer bajó envuelta en una capa de lana. Se dio vuelta al llegar al patio, asustada por la presencia de tantos hombres. José fue a su encuentro y regresó con cara de turbación.

—Es una mujer de Jerusalén —le dijo a Isa—. Le he hablado de ti y me ha seguido.

Isa nos pidió a Martha y a mí que la lleváramos al cuarto del frente. Vino luego con José y la invitó a sentarse. La mujer permaneció de pie. Bajo la capa de lana llevaba una túnica de seda como las que usaban las romanas de la Torre Antonia.

—¿Qué deseas de mí? —le preguntó Isa.

Me sorprendió oírlo hablar en griego. José le había advertido que la mujer no entendía nuestro idioma.

—Señor, sé que tienes poderes. Haz que la simiente de mi marido dé fruto.

—¿Quién es tu marido? —le preguntó Isa.

La mujer se inclinó para decirle el nombre. En sus muñecas retintinearon dos esclavas de oro. Isa la miró meditabundo.

—Ve en paz y reza a Dios —le dijo luego—. Que el cielo escuche tus oraciones.

José se marchó con ella para escoltarla de vuelta a la ciudad. Regresamos al patio y miré a Isa, pero me eludió la mirada y retornó a su sitio entre los discípulos. Fui a limpiar los platos de cobre con Mariam y Martha. Una gota de vinagre me hizo arder los ojos cuando les sacábamos brillo. Más tarde, no quise preguntarle quién era el marido de la romana.

Los días fueron haciéndose más largos. Las horas de la noche ya eran más cortas. El faro de Samuel se encendió por encima del cordero, y los peces se ahogaron en el horizonte. En las noches de la pérgola, los surcos de las vides se alzaban como olas bajo la luna. La tierra aún abrigaba los retoños. Pasamos todo el invierno en Bethania, al amparo de los montes.

IV

Cuando empezaba el buen tiempo, Isa anunció a los discípulos que pronto habrían de partir. Recibieron contentos la noticia, pues estaba cerca la pascua y confiaban en ver las fiestas de Jerusalén. No entendieron que él no iría con ellos. La víspera de la partida, los llamó a la cañada para decírselo.

—¿Qué podemos hacer nosotros sin ti, maestro? —le preguntó Pedro.

—¿Cuánto tiempo has estado a mi lado, Pedro? ¿No conoces ya las oraciones y los nombres de los ángeles? Haz lo que me has visto hacer. Llévame en el corazón para que yo vaya contigo.

Pedro repitió que sin él no sabrían qué hacer, ni a dónde encaminarse.

—Id adonde os necesiten —dijo Isa—. Adonde no os quieran, no vayáis. Cuando tengáis dudas, pedid al cielo que os muestre los buenos pasos.

Asintieron en silencio. Algunos aún no se resignaban a ir sin él. Leví me miró de reojo y dijo en voz baja.

—¿Por qué ha de quedarse Mariam contigo y nosotros marcharnos?

Isa lo miró con severidad.

—¿Me preguntas por qué no os quiero como a ella, Leví? Si yo deseo que se quede conmigo, ¿a ti qué más te da?

—Maestro —dijo Leví turbado—, todo lo que tú haces es bueno.

—Sólo Dios es bueno, Leví —le respondió Isa. Su voz se hizo luego más dulce—: Él hizo el cielo y la tierra para que ambos sean una cosa. Hizo a la mujer y al hombre. El que quiera tomar mujer entre vosotros, que la tome y no tema por mí, pues yo estaré con ella así como estoy con vosotros. El que la haya tomado y venga a mí, no ha de temer por ella, pues es el amor de Dios el que se la ha dado.

Los discípulos que estaban casados bajaron la cabeza. Sus mujeres se habían quedado en Galilea, a orillas del lago, y no las habían visto desde el otoño. Isa se apoyó en su cayado, señalando los surcos de la cañada.

—Hemos limpiado juntos la tierra. Juntos quemamos el barbecho y sembramos la vid para que la tierra dé fruto. Ahora, vosotros iréis por los caminos, andaréis por las aldeas y las ciudades. Pero entre tanto la viña crecerá. Beberéis todos de la uva buena, puesto que la habéis sembrado.

Callaron todos otra vez, pues la vendimia llegaría sólo en el otoño. Antes de que la uva fuera buena, habrían de pasar tres años.

—¿No volveremos entonces hasta la vendimia? —preguntó Simón sin entender.

—Es uno el que siembra y otro el que cosecha —dijo Isa—. Eso es lo que os he enseñado. Pero ahora os digo que en estas vides ya ha llegado la vendimia. Cierra los ojos, Simón, y toma los racimos. Bebe del jugo de las uvas.

Simón obedeció y cerró los ojos. Se quedó muy callado.

—Muéstrame tú las uvas, rabí —dijo Tomás—. Yo cierro los ojos y quedo ciego.

Se tapó los ojos con las manos para mostrar que no veía.

—¿No limpiaste la tierra conmigo, Tomás? ¿No sembraste con todos? «Rabí, estoy ciego», dices, pero lo dices apenas por la costumbre. La tierra estaba ciega bajo el barbecho. La cizaña y las hierbas muertas le habían secado el agua. Quema el barbecho y arranca la cizaña, Tomás, para que el agua llegue a la viña. Te aseguro que verás los frutos.

Isa se quedó en silencio largo rato. Todavía no comprendían sus palabras.

—Os aseguro a todos que veréis la vendimia y el jugo de la uva será dulce en vuestros corazones. En cada uno, el Padre del cielo ha sembrado su cepa y en ninguno ha de estar ociosa. Él vendrá a vendimiarla cuando la uva esté buena, y bendecirá los sarmientos que den fruto. Tened limpia Su viña y limpia vuestra tierra. Cuando yo ya no esté con vosotros, bebed del jugo de la uva y regocijaros en mi nombre.

—¿A dónde irás, maestro? —le preguntó Pedro, otra vez triste—. Queremos acompañarte.

—Me acompañaréis, Pedro, y yo os acompañaré a todos. Hemos sembrado juntos esta tierra y nuestras vides son una sola. La misma savia da vida a toda la viña y cada sarmiento está unido a la cepa y, si se aparta de ella, muere y no da fruto. Por el amor que me habéis tenido, permaneced unidos a mí como los sarmientos a la vid. Llevadme con vosotros por los caminos, por el amor que yo os he tenido. Adonde yo voy no podéis ir vosotros.

Todos le preguntaron entonces a dónde había de ir, pero ya no habló más esa tarde.

V

A la mañana siguiente, salimos al portal a despedirlos. Los discípulos se habían juntado ya en parejas, pues Isa les había dicho que fueran siempre de a dos, por si uno enfermaba por el camino o perdía el rumbo. Isa abrazó a cada uno. Les habló desde el portal:

—Os mando por los caminos para que llevéis la paz que habéis recibido. Id contentos, pues esta paz que os he dado no os dejará mientras vayáis conmigo. Caminad durante el día para que todos vean lo que hacéis, y por la noche guardaros temprano para que no os confundan con ladrones. No busquéis a nadie para que venga a escucharos. Esperad a que os busque la gente. Si os dan posada en una casa, entrad y desead la paz a todos, y vuestra paz quedará en esa casa si en ella hay gente de paz. Si en un pueblo nadie os da nada, sacudíos el polvo y volved a la ruta.

Se marcharon melancólicos en dirección a Jerusalén, pues Isa los había enviado primero allí para que las fiestas les alegraran el corazón. Después cada pareja tomó su rumbo por donde el cielo fue mostrándole los pasos. Fueron por las aldeas de las montañas y por los llanos, y por el camino blanco de Jericó que recorrían en otra época los monjes de Calirrhoe. Pedro y Andrés cruzaron los llanos de Judea hasta el mar azul. Simón llevó a Felipe por el sur a Masada, la antigua fortaleza de Israel.

Regresaron a Bethania al cabo de cuarenta días, que era el tiempo que Isa los había mandado a peregrinar. La melancolía se les había borrado de los rostros. Cuando hablaban de sus viajes la paz estaba con ellos:

—Hemos predicado y nos han creído, maestro —decían alegres—. Hemos curado en tu nombre a los tullidos y a los cojos y hemos echado a los demonios de los endemoniados.

—No curéis en mi nombre —les decía Isa—. Curad en nombre de Dios, pues sus ángeles han hecho estos beneficios.

Los mandó de viaje otros cuarenta días, para que regresaran antes que el calor entrara en la tierra. En cuanto partieron por el camino, también él tomó el cayado. Le salí al paso en el estanque, cuando se dirigía hacia la cañada tras el jardín.

—¿Es que ya no volveremos a andar juntos, marido?

Isa bajó la mirada, como si no supiera qué decir. También el mes anterior se había marchado, después de despedir a los discípulos. Había estado en Ainón, del otro lado del Jordán, cerca de donde Juan Bautista había predicado en el principio. Los levitas no podían ir allí a buscarlo, pues los romanos no les permitían cruzar el río.

—Sabes que no puedo llevarte conmigo esta vez.

Tampoco podría llevarme después, cuando tuviera que marcharse. Tampoco adonde había de ir podría acompañarlo. Volví la espalda. Una lágrima estremeció mi reflejo en el estanque. Isa dejó el cayado y tomó mis manos, aunque traté de esconderlas. Dentro de poco, estarían tan arrugadas como las de Sarai, la de Abraham. Mi rostro sería triste como el de Rebeca.

La mañana era tibia y el trigo verdeaba en las colinas. La voz de Isa se elevó por entre los cantos de las chicharras:

Decidme si habéis visto a mi esposa
Hijas de Jerusalén
Su boca es dulce como el vino
Sus ojos como las lagunas de Hesbón

No preguntéis si es hermosa
Ni me deis agua de beber
Debo partir antes del alba
Mi corazón la busca sin descanso.

Estuvimos paseando por el jardín hasta el anochecer. Más tarde, nos sentamos en el alféizar de la ventana. Cuando ya había pasado el sereno oímos los pasos de Mariam, que había ido a la gruta a rezar con Lázaro. Cruzó por el otro lado del patio después de vernos en el alféizar. Entre los dos, esa noche, estuvieron los ángeles.

Al tercer día, Isa partió rumbo al desierto de Ainón. Fue por la antigua senda de los leñadores para que nadie pudiera encontrarlo.

VI

Las espigas ondearon otra vez doradas como en Nazarah. En la pendiente de la cañada, las vides tiernas se entrelazaron en los juncos. Los racimos doblegaron los tallos y los discípulos volvieron para vendimiarlos. Bebimos juntos del jugo de la vid, aunque las uvas aún eran pequeñas y estaban ácidas. También yo bebí, cruzando el brazo con Isa, y por una noche me olvidé de las amenazas que se cernían sobre nosotros. Se acercaban los días de Sukkot, cuando comienza la estación de la alegría. Tras las tormentas del verano, el cielo estaba diáfano.

A la mañana siguiente Lázaro vino a buscarnos por el sendero de la gruta. En los últimos días apenas lo habíamos visto, pues estaba ayunando por el mes de Elul. Cuando no se encontraba en la gruta, iba a los establos de Bethania, donde las ancianas daban de comer a los mendigos y vendaban a los leprosos.

Se acercó y me besó en las mejillas. Se volvió hacia Isa, que aguardaba en silencio a mi lado.

—Hermano, ¿por qué quieres morir?

Isa lo miró como si hubiera estado esperando la pregunta. También a mí me había anunciado que pensaba subir a Jerusalén para las fiestas. Mandaría a los discípulos a Ainón para que estuvieran a salvo.

—Tú entre todos lo sabes, Lázaro —le contestó—. Y entre todos tú me lo preguntas. Sólo el que muere conoce la vida nueva y encuentra la paz.

Lázaro escuchó pensativo sus palabras.

—Sé que el que muere para este mundo vive en verdad —le dijo a Isa—. Y sé que el que vive para este mundo está ya muerto y es sólo una sombra, porque no reconoce la luz de la verdad entre las sombras. Pero no es eso de lo que te hablo.

Le preguntó otra vez a Isa por qué quería morir. Los levitas del templo debían sospechar que iría a la fiesta. Estarían aguardándolo en las puertas mismas de la ciudad.

—No quiero morir, ni he de morir, hermano. He de seguir viviendo mientras lo quiera el cielo, porque mi camino no ha llegado a su fin. Voy a Jerusalén para mostrarles a otros mi camino, como os lo he mostrado a vosotros, para que cuando yo ya no esté aquí también sigan mis pasos.

—No estarás aquí porque habrás muerto —dijo Lázaro apesadumbrado—. Acabas de anunciármelo.

Isa se puso de pie y tomó a Lázaro por los hombros.

—Te aseguro que la muerte es dulce, Lázaro. El que ha andado por el camino de la paz, prosigue su viaje después de la muerte. Pero ya no camina entre sombras, sino con los ángeles de Dios. Ya no tiene que rezarles, porque están con él y él mismo es un ángel.

—Llévanos entonces a morir contigo —le dijo Lázaro— para que todos seamos ángeles.

Isa repitió lo que había dicho antes:

—No voy a morir, Lázaro. Voy a seguir viviendo, incluso después de que me marche de entre vosotros.

Lázaro asintió, todavía compungido. Se marchó por el sendero de la gruta y ya no lo vimos más. No vino a despedirnos el día del viaje. Isa había mandado ya a los discípulos a Ainón, salvo a Juan, que debía cuidar de mí mientras estuviéramos en Jerusalén. Partimos los tres al caer la tarde.

VII

Entramos por la puerta escondida en la muralla hasta la casa de los hermanos. Al otro día Isa salió solo y yo lo seguí con Juan. En las callejas del mercado, la gente se agolpaba para comprar antes de la hora del calor. Isa pasaba entre ellos sin tropezar con ninguno ni mirar a nadie. Tampoco ellos lo miraban, como si supieran que no quería que lo vieran pasar.

A la entrada del templo Juan se detuvo a lavarse los pies como los demás. Isa pasó de largo ante la pila de las abluciones y cruzó bajo el velo cuando los guardias miraban a otra parte. Lo avistamos otra vez en el Patio de los Gentiles, andando hacia la galería de levante. Los cambistas habían montado de nuevo sus mesas, y también los pajareros y los pastores. Por encima del barullo, se oían gritos y lamentos. Eran los penitentes de Elul, que llegaban al templo después de un mes de ayuno.

Caminamos por entre los puestos, siguiendo a Isa. Quedamos atrapados con él entre el gentío cerca de la piedra de los sacrificios. Un penitente se había trepado a un cajón de madera para llamar a todos a arrepentirse. Su voz era ronca y desgarrada, como la de Juan Bautista en el Jordán.

—¿Cuánto tiempo creéis tener por delante? —vociferaba—. Arrepentíos ahora mismo, porque mañana iréis a la fosa. Estáis muertos ya. Los sacerdotes y los escribas glotones caerán con vosotros y el templo se hundirá por su depravación. No quedará piedra sobre piedra cuando venga el Mesías.

La gente trataba de tirarlo del cajón, pero el hombre volvía a treparse. Isa se paró a mirarlo un momento y siguió andando hacia la galería. Se detuvo bajo la columna donde Tomás había soltado sus pájaros. Barrió el polvo con los pies y trazó un círculo en el suelo con el cayado. Se sentó sobre los talones y juntó las palmas una contra otra. Esta vez no había venido a predicar, sino a rezar por los que no querían escucharlo.

Nos sentamos en la escalinata para rezar desde lejos con él. Al cabo de un rato, Juan se levantó inquieto porque la gente empezaba a acercarse. Miraban a Isa con curiosidad y bajaban la voz al ver que tenía los ojos cerrados.

—¿No es éste el que quieren apresar? —murmuraban—. ¿Cómo lo han dejado entrar los guardias?

Algunos habían visto a Isa el año anterior, pero ninguno lo reconocía. Lo miraban encandilados, pues el sol de mediodía centelleaba en su túnica. Tenía los labios entreabiertos y sus párpados habían caído sobre sus ojos. Entre las sombras de las columnas, su rostro era hermoso.

Los vendedores empezaron a callarse alrededor. Un par de cambistas cerraron sus mesas, aunque todavía había clientes cambiando talentos y siclos por monedas del templo para pagar los sacrificios de la tarde. El corro iba creciendo y los últimos que llegaban tenían que empinarse para ver a Isa. Los lamentos de los penitentes seguían reverberando bajo las columnas.

Un hombre irrumpió en el círculo y cayó a sus pies. Reconocí al penitente que habíamos visto más temprano, predicando sobre el cajón.

—¡Sálvame, maestro! Por el espíritu de Elías, ¡no dejes que me azoten!

Isa abrió los ojos despacio. Lo miró, y miró el corro alrededor. El jefe de la guardia se abrió hasta el círculo. Sus hombres venían detrás, revoleando los mangos de los látigos. Se detuvieron intimidados por el tumulto.

—¿Qué os ha hecho este hombre? —les preguntó Isa. Su voz era firme y serena. La paz de la oración aún estaba en su rostro.

—Es un alborotador, rabí —titubeó el jefe de la guardia—. Ha hablado contra el templo y lo llevamos a azotar.

Isa recitó:

—«Mi casa es casa de oración. Nadie levante en ella la mano contra su hermano».

El penitente se agarró de la orla de su túnica, pidiéndole otra vez que lo salvara. Los guardias no se atrevían a tocarlo.

—Tenemos que llevárnoslo, rabí —dijo el jefe—. Si no, nos castigarán a nosotros.

—«Es mío el juicio y mío el castigo —recitó entonces Isa—. ¿A quién teméis?».

Los guardias callaron, pues no querían decir que temían a los sacerdotes del sanedrín. Isa alzó del suelo al penitente y le dijo:

—Ve en paz, hermano. Nadie te hará daño.

El penitente echó a andar por entre los guardias y la gente le abrió paso. Isa se acercó entonces al jefe.

—Llévame a mí en su lugar —le dijo, tendiendo las manos para que lo encadenara.

El jefe miró las manos tendidas y sacudió consternado la cabeza.

—¿Qué diré ahora a los que me mandan, rabí?

—Diles que soy el que querían apresar. Di que me has visto, me has escuchado y me has dejado ir.

El hombre bajó la cabeza. Isa le puso la mano en el hombro:

—Ve tú también en paz.

VIII

Los maestros fariseos habían cruzado el Patio de los Gentiles al oír que Isa estaba en el templo. Le gritaron indignados:

—¿Cómo te atreves a volver aquí? ¿Qué quieres ahora entre nosotros?

Isa los miró y no contestó. Se sentó dentro del círculo y juntó las manos para dar gracias, pues el penitente se había salvado de los azotes.

—¿No nos contestas? —insistieron los fariseos—. ¿Por quién te tienes?

—Te conocemos —lo acusó el más viejo—. No nos asustan tus ensalmos.

Isa acabó de decir la oración. Se levantó, apoyándose en el cayado.

—¿Por qué queréis matarme?

Los fariseos se escandalizaron.

—Con razón dicen que eres un demonio. ¿Quién quiere matarte?

Isa respondió:

—Una obra buena hice el año pasado, y por esa quisisteis condenarme. Ahora vengo a rezar, y venís a insultarme. Me tratáis de demonio y me acusáis de hacer conjuros porque cito a los profetas. Buscad la ley de la que decís ser maestros. Encontraréis en ella mis palabras.

—¿Ahora pretende enseñarnos la ley? —dijo el viejo, y se volvió a Isa—. No somos los pajareros del templo ni los galileos que venían contigo el año pasado. Se habrán cansado de ti. Ya no te siguen este año.

Juan dio un paso al frente para desmentirlo, pero Isa le lanzó una mirada.

—Yo sé dónde están mis discípulos. Responde tú por los tuyos. No vengo a robarte a ninguno, como temes aunque no lo digas. He dejado a salvo los míos porque su alma está limpia y no conocen el odio.

Algunos discípulos del viejo maestro lo habían seguido a través del patio. Lo miraban sorprendidos por su furia.

—Enseñamos la ley como nos la enseñó Hillel —dijo el maestro—. Cada día estudiamos las escrituras y nos purificamos en la pila sagrada del templo. Tú andas por los montes y los desiertos. Nadie sabe de dónde vienes ni con quién has estado.

Isa lo miró, apoyándose en el cayado.

—Para beber agua fresca, hay que ir a buscarla. Yo sé de dónde vengo y a dónde voy porque conozco mi camino. El cielo me muestra los vados y los oasis.

Los otros fariseos empezaron a burlarse.

—¿Es éste el profeta del que hablan todos? —decían—. Habla como los camelleros de las caravanas. El año pasado traía sandalias de pescador. Este año trae cayado de pastor pero se le ha perdido el rebaño.

—¿Cuál de vosotros ha tenido un oficio? —les preguntó Isa—. Hillel, vuestro maestro, trabajó todos los días de su vida. Vosotros no habéis trabajado ninguno. Os sentáis en las escalinatas a criticar a los demás. Laváis cada día vuestras túnicas, pero la presunción os ha secado el alma. Yo llevo este cayado porque me he hecho pastor. Tengo a buen recaudo mi rebaño.

Mis ovejas me siguen y yo cuido de ellas porque el cielo me las ha confiado.

Los fariseos volvieron a enardecerse, pero la gente los hizo callar para oír a Isa. Isa aguardó otra vez a que callaran.

—El buen pastor cuida de sus ovejas y por eso ellas lo siguen cuando las llama. Entra por la puerta, llama a cada una por su nombre y, cuando han salido todas, va delante por el campo. Siempre las acompaña y no las deja solas si vienen los lobos. El buen pastor da la vida por sus ovejas y, cuando vienen los lobos, las pone a resguardo y les muestra el camino para que se salven. Las ovejas van con él porque reconocen su voz. Él conoce el camino y sabe dónde están el agua buena y los mejores pastos.

Isa alzó la vista y miró a todos alrededor:

—Traigo este cayado porque el cielo me ha hecho pastor. Yo soy el pastor que ha venido entre vosotros. Vengo a llamar a mis ovejas porque tienen sed y tienen hambre. Los que vinieron antes de mí eran ladrones, pero yo vengo a llevar a mis ovejas a donde están los pastos y el agua buena. Tengo otras ovejas que no son de este redil y dentro de poco tendré que ir a apacentarlas. No me veréis entonces, pero estaré con vosotros, porque el buen pastor nunca deja su rebaño.

Los fariseos habían empezado a llamar a los levitas. La gente los empujaba cuando intentaban hablar. Isa se cubrió la cabeza y echó a andar por entre la gente. Juan y yo lo seguimos a unos pasos.

—¡Es un loco y un endemoniado! —gritaban los fariseos—. ¡Que no salga de aquí!

Pero la gente le abría paso a Isa y volvía a juntarse para confundir a sus perseguidores.

—¡Es Elías! —proclamaban—. ¡Es el profeta que esperamos!

Otros decían:

—No. Es un buen hombre.

IX

Rodeamos el templo por levante para dejar atrás a nuestros perseguidores. Cuando bajábamos hacia el mercado, un pequeño tumulto apareció por la cuesta desde las enramadas de la Puerta del Pescado. Isa dio media vuelta y pasó entre nosotros para que no supieran que íbamos con él. Los hombres que venían por la cuesta apretaron el paso.

—¡Mesías! ¡Rey nazareo!

Le decían también profeta e hijo de David, pero en las manos tenían palos y piedras. Varios levitas marchaban adelante con sus bastones. Reconocí a uno de ellos de la época del templo. Entonces era niño y nos traía flores cuando lo mandaban por leña para la glorieta. Ahora llevaba el brazalete de los capitanes.

Esperé a que estuvieran a tres pasos. Invoqué al ángel Miguel, antes de gritar:

—¿A dónde vas, Manasés?

Los que venían tras él lo empujaron porque Isa ya doblaba la esquina hacia la torre Antonia. Manases levantó el puño y dio el alto.

—¿No me recuerdas, Manasés? Soy tu amiga Mariam, la de Magdala.

Alcanzó a sonreír, pero la cara se le enturbió al oír mi nombre.

—¡Es la pecadora del galileo! —gritaron sus hombres—. Llevémonosla.

Manasés aún me miraba indeciso. Había venido a traerme las flores muchas tardes, cuando éramos niños. Seguía teniendo los mismos ojos cándidos.

—Apártate —dijo a regañadientes—. Agradece que los sacerdotes no nos han mandado por ti hoy.

Escupió en el suelo y ordenó proseguir la marcha, pero al llegar a la esquina se volvió y me buscó con la mirada. Mandó a sus hombres por las callejas para alejarlos del rastro de Isa.

Esperamos a que se fueran para subir a la esquina en busca de Isa. Doblamos luego hacia el templo y hacia la torre. La explanada estaba desierta, pues se acercaba la hora del sacrificio de los bueyes. En las pértigas de la torre, los legionarios de Pilatos encendían las antorchas. Cuando bordeábamos el edificio, un ventanuco se abrió por encima de nuestras cabezas. Juan me tiró de la manga para que huyéramos, pero en el resquicio del muro había una puerta. Nos llamaron para que entráramos.

En cuanto entramos, José de Arimatea corrió el cerrojo y se asomó a un ventanuco para cerciorarse de que nadie nos había visto. Avanzamos a tientas, acostumbrándonos a la penumbra. En la habitación, larga y estrecha, había barriles y cajones apilados contra los muros. Isa estaba sentado en un banco de piedra, con una copa y un jarro de agua. A su lado había una patricia romana con el pelo rubio recogido en una pinza y una túnica de seda hasta los pies. En las muñecas llevaba dos esclavas de oro. Era la extraña que había ido a Bethania en el invierno para que la simiente de su marido diera fruto.

— La paz está aquí, no temáis —nos dijo, cuando nos acercamos vacilando.

Se levantó para que abrazáramos a Isa y vi su vientre redondeado bajo la túnica. El cielo había escuchado sus ruegos. Aún no había escuchado los míos.

José contó que había ido en busca de Isa al enterarse del revuelo que había en el templo. Lo encontró en la explanada, huyendo de los levitas, y llamó a la ventana de su amiga. Estábamos en los antiguos calabozos de la torre, donde los romanos almacenaban el sebo y las conservas para el invierno.

—¿Nos dejarán ir? —susurró Juan, mirando a los dos centinelas al final de la galería. Había otro delante de la puerta por donde habíamos entrado.

—No nos han visto entrar —dijo José—. Tampoco nos verán marcharnos.

Juan lo miró intrigado, porque el centinela nos había abierto la puerta. Entendí que nadie sabría nunca que Isa había estado allí.

Aguardamos hasta el anochecer, oyendo los cánticos de los sacrificios del otro lado de la explanada. José nos escoltó hasta la Puerta de las Ovejas, y pasó delante enseñando su anillo del sanedrín. En el huerto de los olivos, mandó a los criados que trajeran una carreta para que Juan me llevara de vuelta a Bethania. Él mismo iría con Isa hasta Ainón por la trocha de mulas de los leñadores. Los levitas de Manasés tenían orden de no volver al templo hasta haber apresado a Isa. Estarían vigilando las encrucijadas.

Entramos al huerto para despedirnos. Abracé a Isa y hundí el rostro en su pecho, porque sabía que ya debía dejarlo ir.

—Estaré contigo, Mariam.

Sus manos fuertes y pequeñas se cerraron en las mías. Quise decirle que yo estaba ya con él y lo llevaba conmigo, pero las palabras se me ahogaron en la garganta. Por el camino de Bethania, seguí mirando atrás hasta que las mulas desaparecieron entre los árboles. Entrecerré los ojos, buscando otra vez el calor de su aliento en mi boca. Entre las estrellas, veía el rostro de la romana a la que el cielo había escuchado.

X

En Bethania se había apagado la antorcha del portal. El patio estaba también a oscuras y en el nicho de los caminantes la lamparita estaba a punto de extinguirse. Caminamos a tientas hasta la escalera. Juan se detuvo de repente. Una sombra había aparecido entre las columnas, llevando delante un candil. Era mi hermana Martha. Me asusté al verla.

—¿Qué tienes, Martha? ¿Por qué te alumbras con este candil?

Martha le dio el candil a Juan. Me abrazó sin decir nada.

—Isa está a salvo —le dije, aún más alarmada—. José lo ha llevado al otro lado del Jordán con los discípulos.

Martha se apartó y me miró como si no me comprendiera.

—No hay remedio entonces —musitó—. El cielo lo ha querido así.

Empezó otra vez a llorar, con un sollozo quedo y sin lágrimas. Juan la ayudó a sentarse en un banco. Se quitó el manto para cubrirla al ver que Martha traía rasgada la camisa.

—¿Qué tienes, hermana? —volví a preguntarle—. ¿Quién se ha marchado?

Repitió que el cielo había querido que fuera así. A su espalda, la criada había aparecido con otro candil fúnebre. Se había rasgado también la túnica y traía el pelo cubierto de ceniza.

—Ha muerto Lázaro, tu hermano —anunció—. Lo velamos desde ayer.

Oí las palabras. Seguí escuchando los ecos. Una gota helada me recorrió todo el cuerpo. Recordé la sonrisa triste de Lázaro cuando nos habíamos despedido hacía cuatro días. Había entrado luego en la gruta para seguir ayunando por el mes de Elul. Pero no podía estar muerto.

—¿Cómo ha sido?

—Entró en las tumbas y no volvió a salir —dijo la criada—. Le llevamos el plato y el jarro de agua, pero no salió.

Por los escalones del estanque empezaban a aparecer otras sombras con candiles. Los rostros llorosos se deformaban con el temblor de las velas. Pregunté dónde lo habían puesto.

—Donde lo encontramos rezando, señora —dijo la criada, y se echó también a llorar—. Murió como Dios quiso.

Me acerqué hasta los escalones y bajé al estanque. Los dolientes sostenían en alto sus candiles, pero apartaban el rostro cuando me volvía a mirarlos. No podían darme el pésame hasta que viera el cuerpo muerto y me rasgara la túnica como Martha. Pero Lázaro no podía estar muerto.

Por el sendero, tropecé con la raíz de un árbol. Juan dejó a Martha con la criada y me sostuvo por el brazo. Sus ojos buscaron los míos, pero aparté el rostro para no ver lo que decían. Isa no podía volver de Ainón, ahora que los levitas estaban al acecho. El propio Juan caería en sus manos si iba a buscarlo.

—Conozco otra senda —me susurró al oído, cuando llegábamos a la entrada de la gruta—. Déjame ir.

Me solté de su brazo. Volvió a sostenerme. Dentro de la gruta, la luz rojiza del candelabro ahondaba las sombras entre las rocas. El aire olía a nardo y a mirra, pues ya habían lavado y perfumado el cuerpo. La mortaja estaba cosida hasta el pecho. Mi hermano apenas podría entrar en ella.

—Ven conmigo y reza —le dije a Juan—. Vamos a despertarlo de su sueño.

Pero la paz no estaba ya conmigo. Tampoco Juan se atrevió a entrar, después de ver el rostro vendado entre los velones. Nos abrazamos llorando en la boca de la gruta.

Los hermanos de Jerusalén fueron llegando al otro día. Por la tarde, volvieron los dolientes de la víspera. Eran labriegos y pastores que habían trabajado en otra época para Lázaro. Vinieron también las ancianas con las que vendaba a los enfermos de la aldea. Lo habían vendado ellas mismas, llorando y rezando. Tuvieron que cambiarle las vendas porque la gruta empezaba a caldearse y los lienzos de lino resbalaban de su piel. «Era un santo de Dios», decían, consolándonos, «mirad su rostro».

Al tercer día Martha me llamó fuera de la gruta. Había dormido esa noche mientras Mariam y yo velábamos.

—Hemos de poner la losa, hermana —me dijo, mostrándome el sol que asomaba entre las colinas—. Hoy hará más calor que ayer.

Habíamos rezado todas las horas con el corazón puesto en los caminos. Juan había ido a buscar a Isa, pero no había regresado.

—El cielo así lo quiere —dije, tal como ella había dicho—. Llámame cuando esté hecho.

En mi habitación recé otra vez de rodillas junto al lecho. La encrucijada de Bethania seguía desierta. Los ojos se me nublaron por el cansancio.

Cuando volví a abrirlos, la criada llevaba un rato llamando y había entrado a sacudirme.

—¡Es el maestro, señora! —decía emocionada—. ¡Viene con todos por los montes!

Me asomé a la ventana y bajé hasta el patio, conteniéndome para no ir a su encuentro. Había enterrado a mi hermano y aún llevaba rasgada la túnica. No podía salir de casa sin permiso de mi esposo.

—¡Isa te llama, Mariam! —me gritó Martha, que ya venía de vuelta por el sendero—. ¿Qué esperas para venir?

Tampoco ella debía correr, aunque fuera soltera, pero no podía con la impaciencia. Creía que si yo se lo pedía, Isa despertaría a Lázaro.

Me llevó por el sendero tirándome de la mano. En la cuesta de la viña, ya no pude esperar más. Corrí y corrí, y me abracé a Isa sin aliento. Volví a llorar, aunque creía que ya se me habían agotado las lágrimas. Pero ya no lloraba por mi hermano Lázaro, sino que daba gracias al cielo. Los ángeles habían traído a Isa desde Ainón, de vuelta conmigo, sano y salvo.

—¿Dónde lo habéis puesto? —preguntó Isa, secándose el rostro, pues también a él se le habían escurrido las lágrimas.

—Ven a verlo —le dijo Martha.

Algunos dolientes habían venido con nosotras, pensando que corríamos hacia el sepulcro. Nos siguieron por el sendero, asombrados de ver llorando a Isa.

—Mirad cuánto lo quería —murmuraban.

Otros se lamentaban:

—¿No es éste el que hizo ver al ciego? No ha llegado a tiempo para salvar a su amigo.

En la entrada de la gruta, Isa me soltó la mano y se puso de rodillas. Escribió en la arena con el dedo, invocando al ángel del Señor. Martha y yo nos arrodillamos detrás de él con los discípulos.

—Señor —pidió Isa al cielo—, despierta a tu siervo Lázaro. Manda con él a Gabriel para que Tu luz venga a su alma.

Cerró los ojos, bajó la cabeza y se estremeció como si el ángel lo hubiera traspasado. Alrededor, los otros dolientes se pusieron de rodillas.

—Señor —pidió de nuevo Isa—, despierta a tu siervo. Manda con él a Anael para que Tu amor venga a su corazón.

Volvió a estremecerse. Se llevó las manos al pecho. Cerré yo también los ojos y volví a rezar para no tener miedo. Sentí en el corazón el paso del ángel.

Isa tomó aliento, suspiró y tocó el suelo con la frente. Se levantó y dio gracias a Dios. Los demás nos levantamos.

—Quitad la piedra.

—Señor —dijo Martha muy pálida—, ha hecho calor y ya tiene cuatro días.

—¿Todavía no crees, Martha? Nuestro hermano estaba dormido y los ángeles han venido a despertarlo.

Los discípulos quitaron entre todos la losa, pues no podía moverla un solo hombre.

Isa dio entonces un paso adelante, levantando las palmas hacia lo alto. Gritó muy fuerte:

—En nombre de Jeovvah, ¡Lázaro, sal fuera y anda!

Su voz retumbó como un trueno. Algunos oyeron sólo el trueno, pues Isa había dicho el Nombre y no podían escucharlo. Me volví espantada hacia él, porque había vuelto a estremecerse como si fuera a caer en tierra. Pero, en cuanto lo miré, la paz volvió a mi alma. Su rostro dolorido se había tornado limpio y sereno, como el de Lázaro.

Lázaro salió de la gruta desatándose él mismo las vendas. Y anduvo.

VI

«No temas, hija de Sión
Mira, tu rey viene a ti
montado en un asno».

ZACARÍAS 9,9

I

Llegó el tiempo de la pascua, cuando el lirio de Israel florece entre las espinas. En el patio del estanque, el membrillo se cubrió de pétalos rosados y en la viña retoñaron los sarmientos del año anterior. Los discípulos habían venido en Adar a limpiar la tierra e Isa ya no había vuelto a mandarlos de viaje. Quería que estuvieran con él, ahora que había llegado su hora. Dentro de poco andarían en las tinieblas, hasta que ellos mismos hallaran la luz en sus corazones.

Cuando faltaba una semana para la pascua, Lázaro invitó a cenar a Bethania a los hermanos de Jerusalén. Había enviado antes un mensaje a Qumrán para que vinieran los monjes con los que Isa había aprendido en su juventud. La casa se llenó de túnicas blancas y rostros adustos, como en los días de su padre José. Los hermanos y las hermanas de Mariam habían bajado de Caná para estar con nosotros. También vinieron las ancianas de Bethania, que daban de comer a los leprosos y a los mendigos.

Cenamos todos juntos en el patio, mientras el sol se escondía tras la cañada. Acabada la cena, Isa de puso de pie y salió al jardín, y lo seguimos con el candelabro y los hachones. Caminó alrededor del estanque y pidió las bendiciones de cada uno de los ángeles. Se paró bajo el membrillo florecido, que era el árbol de Anael, el ángel del amor. Sobre los hombros llevaba el manto de Bozrá que había sido de su padre. En la mano tenía el báculo de pastor de los antiguos maestros de Israel. Hizo una seña y José, Juan y yo nos acercamos. Traíamos en las manos lo que nos había pedido. Eran los regalos de los magos de Oriente, que nos había dado a guardar tres años antes en Caná.

José dio un paso adelante.

—Señor —le dijo a Isa—, éstos son tus signos. Te los entregamos como tú nos los confiaste.

Hincó entonces la rodilla en el suelo y le ofreció a Isa la diadema, signo de la grandeza de la casa de David. Isa la levantó en alto, y las doce joyas de Israel titilaron bajo los hachones. Se la devolvió a José.

—Sabes qué hacer con esta diadema —le dijo a José. Levantó luego la vista—: la grandeza de los hijos de Israel es del cielo. Sólo Dios reina en nuestros corazones.

Le decía que rompiera la diadema porque Dios era el único rey de Israel. José creyó que debía guardarla. Pero eso únicamente lo supimos años más tarde.

Juan le ofreció entonces el cofrecito de marfil, con el incienso olíbano de la inmortalidad. Isa tomó un grano de incienso y lo mordió para partirlo en dos mitades. Quemó una mitad en la bandeja que sostenía Lázaro y devolvió la otra mitad.

—Sabes qué hacer con este incienso —le dijo a Juan—. La vida de los hijos de la tierra es del cielo. Sólo Dios puede salvarlos de la muerte.

Juan volcó el resto del incienso en la bandeja y lo hizo arder delante del membrillo. Pero guardó el medio grano, pues Isa había de precisarlo en su último día. El humo espeso del incienso se elevó en largas vaharadas, que se enroscaban en las llamas de los hachones.

Me incliné entonces ante Isa, ofreciéndole el lienzo de lino con la botella de alabastro. Dentro estaba el aceite de la mirra, que era el signo del amor. Isa me levantó del suelo sin tomar la botella de mis manos.

—Mujer, sabes qué hacer —me dijo, como si sólo estuviéramos los dos—: el amor de los hombres es sólo del cielo. Únicamente su luz puede mostrarles la verdad.

Retiré la tapa de la botella y le ungí la cabeza con el aceite de la mirra. Volví a inclinarme, para limpiar con el lienzo las gotas que corrían por su túnica. Las lágrimas me resbalaron por las mejillas, mojándole los pies. Cerré los ojos y sequé a tientas las lágrimas con mis cabellos. Ya nunca más debía estar triste.

Alrededor, los hermanos habían empezado a cantar la antigua canción de la pascua, la misma que había escuchado en Carmel, diez años antes, en el santuario de Nazarah.

Ha vuelto el pastor de Israel
Apacentando sus ovejas
La hierba es verde bajo sus pies
Entre sus manos es blanco el lirio

En los valles y en los desiertos
Los arroyos cantan su canción
Ha vuelto nuestro rey
Ya nunca ha de marcharse.

Cantaban con alegría, pues llegaba la hora de Isa. Algunos también lloraban, pues sabían que no lo verían otra vez. Nos había mostrado el camino, como su padre José le había encomendado. Ahora su propio camino llegaba a su fin. Debía marchar por otros rumbos, a apacentar otras ovejas.

Me refugié con Mariam y Martha mientras todos venían a abrazarlo. Los discípulos estaban con ellas bajo el ciprés y discutían sin comprender.

—¿Por qué Mariam lo ha ungido como un rey?

—No lo ha ungido. ¿No veis que lo ha perfumado como a los muertos?

Interrogaban a Juan, pero él nada quería decirles. Pedro se atrevió por fin a preguntarme:

—Mariam, conoces al maestro mejor que cualquiera de nosotros. Dinos qué ha pasado esta noche.

—Lo que no podéis entender os lo anunciaré.

Cuando nos fuimos a dormir, el sereno ya había pasado.

II

Al otro día Isa llamó a Pedro y a su hermano y les pidió que fueran a la aldea vecina, en la ladera del monte de los Olivos. Debían buscar un asno atado a un poste y traerlo a la encrucijada del camino a la ciudad.

—Desatadlo y dadle agua y pasto —les dijo Isa—. Si alguien os hace preguntas, decid «El maestro nos ha mandado».

—¿No nos quedaremos entonces a celebrar con los hermanos? —preguntó inquieto Pedro.

Nuestra pascua había empezado la víspera. Faltaban tres días para que Isa bendijera el pan y el vino, como cada año.

—La paz estará con nosotros donde celebremos —le respondió Isa.

Pedro y Andrés se marcharon cabizbajos y a media mañana regresaron con el asno. Isa mandó a los demás que se pusieran en marcha, y Martha, Mariam y yo subimos al carro para seguirlos con Juan. Lázaro salió entonces al portal para despedirse de Isa. Se quedaría solo en Bethania, mientras íbamos a Jerusalén. Los saduceos se habían conjurado para matarlo, porque había resucitado de entre los muertos.

—Estaré esperándote —le dijo Lázaro.

—No me esperes, hermano —contestó Isa—. Iré siempre contigo.

El sol de la mañana brilló entre los dos cuando se abrazaron bajo el portal. Lázaro entró llorando e Isa subió al asno. Emprendimos la marcha.

Por el monte de los Olivos, empezamos a encontrar las carretas que llevaban hojas de palma para encender los hornos de la pascua. En el puente del Kidrón el carro ya no cabía entre la gente, y Juan nos dejó para llevarlo a los establos. Los peregrinos se admiraban al ver el manto de rey de Isa y su báculo de maestro. Él les daba la paz y seguía adelante en el asno. Enfilamos hacia la Puerta de las Ovejas. A los pies de la cuesta un hombre le salió al paso y empezó a dar gracias al cielo.

—¡Ha vuelto el señor! —gritaba—. ¡Ha vuelto!

Pedro y Andrés trataron de callarlo, por miedo a que otra gente reconociera a Isa, pero el hombre no quería callar y seguía dando saltos. Era el samaritano ciego que había vuelto a ver en la Fiesta de las Trompetas.

—¡Abran paso al hijo de David! —decía—. ¡Abran las puertas! ¡Ha llegado el rey de Israel!

Tomó entonces dos hojas de palma de una carreta y empezó a agitarlas como aspas, abriéndole paso a Isa. Los discípulos vacilaron pero Isa fue en el asno detrás de él. Judas cogió otras dos palmas y se juntó con el ciego, gritando a voz en cuello:

—¡Ha llegado el rey de Israel! ¡Bendito el que viene en nombre del cielo!

Simón y Tomás cogieron las palmas y los demás los siguieron arrebatados por el entusiasmo. Judas se había quitado su manto y lo había arrojado al suelo para que pasara el asno. Algunos peregrinos habían seguido el ejemplo y agitaban las palmas sobre sus cabezas, desafiando a los romanos de la puerta.

—¡Ha venido el Mesías! ¡Viene nuestro rey! —exclamaban—. ¡Abran todas las puertas!

Isa pasó bajo el arco y enfiló en su mula hacia el templo. También los guardias del templo lo dejaron pasar, desconcertados por el griterío y las hojas de palma. Judas iba delante de todos, abriendo el camino y bendiciendo a Isa. Había llegado también su hora. Venía a su lado el rey de Israel.

III

Los levitas de Manasés acudieron enfurecidos al Patio de los Gentiles, pero la gente había reconocido a Isa y ya se había formado el tumulto de los años pasados.

—¡Es el profeta! —anunciaban—. Quieren matarlo, pero ha venido también este año.

Isa se sentó bajo la columna donde Tomás había tenido sus jaulas. Judas estaba a su lado, radiante y sudoroso, y al otro lado estaba el samaritano ciego. La gente se acercaba para tocar el manto de Bozrá y le pedían a Isa que los bendijera. Abrazaban a los discípulos y les traían agua y pan para comer, y a nosotras nos daban leche de cabra y tallos de granado para la ofrenda del Señor. El espíritu de la pascua estaba en el templo. Los forasteros éramos todos bienvenidos.

Los levitas acechaban por entre las columnas, sin atreverse a prender a Isa. Esperaron toda la tarde, confiando en sorprenderlo en cuanto saliera del templo. Cuando empezaban a encender la pira de los sacrificios, nos escabullimos por la escalera de la explanada, bajo las ventanas de la Torre Antonia. Los soldados de Pilatos estaban allí acantonados por la pascua. Vendrían con las lanzas en alto si los levitas desataban una trifulca.

Volvimos al día siguiente, cuando se extinguían las brasas del sacrificio del amanecer. Los levitas acudieron corriendo para que no entráramos, pero los pajareros amigos de Tomás los entretuvieron y tiraron jaulas vacías a su paso. La gente rodeó en seguida a Isa, pidiéndole que les hablara. La víspera sólo había rezado y había trazado los signos en el suelo.

—¿Qué queréis que os diga, cuando ya me voy? —les preguntó Isa—. Estáis hoy conmigo porque habéis oído mis palabras y habéis visto la luz, pero dentro de poco vendrán las tinieblas, y estaréis otra vez ciegos y sordos. Me buscaréis, pero no me encontraréis. Cuando oigáis mi voz, creeréis que truena el cielo.

Callaron todos, ya que no comprendían por qué había de irse cuando acababa de llegar. Tampoco entendían dónde estaban las tinieblas, pues brillaba el sol de la mañana. Pero él les hablaba de lo que estaba por pasar.

—Maestro—le dijeron—, creemos en ti.

—Creéis porque ahora estamos juntos, pero olvidaréis que habéis creído cuando estemos separados. No creáis en mí, sino en Dios, que me ha mostrado qué enseñar y qué decir. La luz que habéis visto conmigo es sólo suya. Caminad mientras aún tenéis luz, porque el que anda en tinieblas no sabe a dónde va. Buscad la luz en vuestro corazón, ahora que aún tenéis luz, para ser hijos de la luz.

—Creemos que eres el profeta de Dios —le dijeron—. Eres el Mesías.

Pero lo decían para darse ánimos, porque la voz de Isa era triste y no entendían las palabras. Los levitas les decían que se taparan los oídos, pero ellos mismos seguían escuchando y sacudían taciturnos la cabeza.

Salimos otra vez bajo las atalayas de la torre. Nos separamos y fuimos por distintos rumbos, para que nadie supiera dónde dormiríamos. Mariam bajó con Martha y conmigo por la Puerta de las Ovejas, que era el camino más corto hacia el huerto de José. En el puente del Kidrón, se sentó en una piedra y se echó a llorar en silencio. Había estado sentada los dos días enteros detrás de Isa, mientras los guardias y los levitas rondaban a su alrededor. Entre los dedos traía roto el tallo de granado que le habían regalado en el templo. Lloramos con ella todos.

Cuando recobró la calma, cruzamos el puente y entramos en el huerto. Los discípulos habían llegado ya. También ellos parecían apesadumbrados. Judas era el más triste.

—¿Por qué no les has anunciado el reino, maestro? —le preguntó a Isa—. Ahora están confundidos y ya no nos creerán.

—¿No me has oído hablar en el templo, Judas? —contestó Isa—. El reino ya está aquí. Todo el que camina con la luz y sigue mis pasos, ya conoce la paz del reino.

Pero Judas seguía apesadumbrado. Al día siguiente, cuando volvimos al templo, se sentó aparte. A mediodía ya no estaba con nosotros.

IV

Al día siguiente, Isa llamó a Pedro y a Juan y les pidió que fueran a la ciudad y buscaran una habitación para celebrar la pascua. Pedro se inquietó, pues no conocía a nadie en Jerusalén.

—Ve con Juan por el borde de la muralla —le dijo Isa—. Cuando veas a un hombre llenando un cántaro, ofrécete a llevárselo y ve con él hasta la primera casa que encuentres. Toca a la puerta y di: «El maestro vendrá esta noche a bendecir el pan y el vino con sus discípulos». Abrirán la puerta y te conducirán a un aposento con grandes ventanas y alfombras como las de los damascenos. Preparadlo todo allí.

Pedro asintió confundido por tantas profecías. Sin embargo, Isa había hablado con los hermanos de Jerusalén, para que uno de ellos llevara a Pedro hasta la casa de huéspedes donde nos habíamos alojado en el otoño. Quería que Pedro conociera el camino por su cuenta, pues dentro de poco no estaría a su lado para decirle a dónde ir.

Nos encaminamos de nuevo al templo. En la explanada de la torre retuve a Isa por el brazo porque los levitas vigilaban la escalera. Isa siguió adelante y se marcharon al verlo, como si ya no quisieran apresarlo. Tampoco los guardias vinieron a rondarnos cuando se arrodilló en el Patio de los Gentiles.

A esa hora, en el patio del santuario, Caifás estaba reunido con los principales sacerdotes del sanedrín. José de Arimatea se quedó sorprendido al ver entrar a Judas. Caifás lo había visto sentado aparte a través de la cancela y había mandado a los levitas que lo abordaran con gentileza.

—Me dicen que quieres hablar con nosotros —le dijo a Judas, y ordenó que le trajeran una copa de vino.

Judas rehusó la copa. Los saduceos sacrificaban y no quería mancharse de impureza.

—Vengo a causa de mi maestro, señor, al que persiguen tus soldados.

Los escribas le reprocharon que no llamara a Caifás santidad. Caifás los calló con un gesto.

—¿Qué me dices de él?

—No ha cometido ninguna falta, señor. Dios lo ha bendecido.

Caifás preguntó:

—¿Es entonces el Mesías del que todos hablan?

Judas se sobresaltó, como si hubiera tenido miedo de decirlo.

—Lo es, señor.

—¿Te lo ha dicho él mismo? ¿Se lo has oído decir?

Judas miró de reojo a José. Había fingido no conocerlo, pero lo había reconocido. Ambos sabían lo que Isa había dicho.

—Lo sé por sus palabras y por sus obras —Judas volvió a vacilar—. Es el rey de Israel.

Los saduceos sonrieron complacidos, ya que buscaban un motivo para comprometer a Isa ante los romanos. No había otro rey en Israel que su alteza el emperador Tiberio. Pilatos gobernaba en su nombre y los humillaba bajo su pie.

—¿Por qué entonces no viene a vernos? —preguntó el tesorero del templo, que estaba con Caifás—. Dinos dónde vive para que podamos ir a honrarlo.

Caifás levantó otra vez la mano.

—No hace falta que digas nada —le aseguró a Judas—. Tráenos a tu maestro cuando él lo disponga. Lo sentaremos en el trono que se merece.

Ordenó entonces al tesorero que trajera una bolsa de monedas de plata. El tesorero se la dio a Judas, diciéndole que comprara con ella el cordero de la pascua y se lo llevara a Isa de parte del sanedrín. Judas apartó las manos para no tocar siquiera la bolsa, pero acabó aceptándola ante la insistencia del sumo sacerdote. Los levitas lo escoltaron de vuelta a la cancela.

Los saduceos se volvieron inquietos hacia Caifás.

—¿Cómo sabes que el galileo vendrá? —le preguntaron—. Éste ha cobrado ya el soborno y no tiene por qué volver.

—Vendrá y caerá en la trampa—dijo Caifás— porque es un ingenuo como su discípulo

Los saduceos guardaron silencio, pues Caifás era quien llevaba la placa de oro y la vara de los jueces. Tampoco José de Arimatea dijo nada entonces. Todo esto lo supimos por él más tarde.

V

Cuando salíamos del templo, Judas apareció sonriendo por entre las columnas. Le hice una seña a Isa, porque había preguntado por él, pero me tomó la mano y no dijo nada. Volví a inquietarme cuando nos encaminamos hacia el velo de Israel, para salir por la puerta principal. Los levitas nos franquearon el paso, igual que en la escalera de la explanada. Dimos un rodeo por el barrio de los queseros, a los pies del monte del templo, hasta que se escuchó el primer repique de la pascua. Los curiosos que nos seguían se devolvieron al templo, pues se acercaba la hora de celebrar.

Nos detuvimos ante la puerta de la casa de los hermanos. Isa se quedó en el umbral, hasta que Pedro y Juan entraron con los otros. Judas se había rezagado y vaciló al ver que yo no subía con ellos. Isa le preguntó:

—¿Has ido por el cordero para el sacrificio, Judas?

Judas se puso pálido.

—Ten la bolsa a mano—le dijo Isa—. Quizá tengas que ir pronto.

Lo miré extrañada, pero pensé que lo decía porque Judas llevaba la bolsa para hacer las compras. Isa me volvió a estrechar la mano para que subiéramos.

En la habitación de arriba, Pedro y Juan habían preparado la mesa con las copas de loza y las hierbas amargas que nuestros padres comieron en el desierto. En el centro, ardían ya las siete velas del Árbol de la Vida. Debajo del candelabro había una hogaza de pan de Belén. Pedro se lo había comprado a los peregrinos que lo traían a Jerusalén para la pascua.

Isa se sentó a la mesa, aunque aún no había caído el sol. Esperó hasta que los demás estuvimos sentados. Le preguntó otra vez a Judas si había traído el cordero del sacrificio.

—Rabí —dijo Judas turbado—, nosotros no sacrificamos.

—¿Por qué no sacrificamos, Judas?

—Porque la vida es toda de Dios —balbuceó Judas—. El que sacrifica cierra la puerta de su corazón.

Isa insistió, como había insistido en el monte Tabor:

—¿Por qué la cierra, Judas?

—Porque ha dado muerte, rabí. Ha muerto él también al darla. Su alma está manchada de sangre.

Isa asintió y preguntó luego a los otros:

—¿Ninguno de vosotros ha traído el cordero para la pascua?

Pedro miró ansioso a Juan, pues Isa los había encargado a ellos dos de preparar la cena. Los demás se miraron desconcertados. Por las ventanas de la habitación entraban vaharadas de humo con el olor de la carne chamuscada en la pira del templo. Desde que seguían a Isa, ninguno había comido la carne del cordero.

—El que sacrifica en el templo ofende a Dios —dijo entonces Isa—. Sólo agrada a los sacerdotes, porque el dinero de las ofrendas llena sus arcas. Come la carne del cordero y bebe su sangre creyendo honrar a Dios, pero ha dado muerte y ha violado su mandamiento. Todo el que mata muere él mismo, pero no como la semilla que muere para dar fruto, sino como el rastrojo que se quema porque ya no sirve.

Algunos discípulos miraban a Judas, como si tuviera la culpa por no haber traído el cordero. Otros habían empezado a lanzar vistazos hacia las ventanas. Isa habló con voz más dulce:

—Sin embargo, yo os digo ahora: id y traed el cordero, si queréis comerlo. Sé que algunos queréis comerlo. Traedlo y lo comeremos esta noche, aunque no sea nuestra costumbre. No es lo que entra por la boca lo que mancha el alma, sino lo que sale del corazón: la envidia, la soberbia y la maldad. Vosotros estáis limpios de corazón, pues habéis escuchado mi enseñanza. El que tiene el corazón limpio camina a salvo entre las espadas y no escucha las injurias, ni siente las heridas. Los ángeles le han dado su paz y lo llevan de la mano.

Lo decía para que lo recordáramos cuando sucediera lo que estaba por suceder. Pero algunos creían que hablaba todavía del cordero, porque habían ansiado comerlo.

—Maestro —le dijo Pedro—, no queremos comer el cordero. Queremos hacer lo que tú nos ordenes.

Isa se puso de pie, se quitó el manto y me lo dio para que se lo guardara. Se ciñó una toalla de algodón como los esclavos y tomó la jofaina que había sobre la mesa. Caminó hasta Pedro, que estaba sentado en el extremo de la mesa, y le ordenó que se quitara las sandalias.

VI

—¿Lavarme los pies tú a mí, maestro?

Pedro escondió los pies, al ver que Isa se arrodillaba ante él.

—Es lo que te pido, Pedro.

—No me lavarás los pies. Eres mi maestro y yo tu discípulo.

—Si no te los lavo, no estarás cerca de mí.

Pedro empezó a descalzarse. Aún tenía dudas.

—Entonces no me laves sólo los pies, sino también las manos y la cabeza, como me has enseñado.

—Tú mismo te has lavado y te has bañado hoy —le dijo Isa—, pero en el camino desde el templo has recogido polvo. Déjame lavártelos y estarás limpio.

Lavó entonces los pies de Pedro, tres veces, desde los talones hasta la punta de los dedos. Pedro dejó caer la cabeza sobre el pecho.

—Gracias, maestro.

—No me lo agradezcas —le dijo Isa—. Tanto haces tú por mí como yo por ti.

Apoyó un momento un pie en el suelo para descansar. Vio que todos seguíamos sorprendidos.

—El siervo lava los pies de su amo, pues su trabajo está en servirle —dijo—. Pero el que lava los pies del siervo no lo sirve a él sino al cielo, porque el siervo no tiene quién lo limpie. Dejad que os lave los pies, para que yo pueda servir al cielo.

Lavó entonces a Juan, y Juan se dejó lavar. Lavó también a Andrés. Se arrodilló delante de Martha, que apartó avergonzada los pies.

—Eres mi hermana y soy tu hermano, Martha —le dijo Isa—. Deja que te lave los pies para que el cielo me bendiga con su recompensa.

—El cielo te ha bendecido desde el principio, maestro. Siempre nos has servido a todos.

—Deja, pues, que te sirva ahora, Martha —le dijo Isa—. No me niegues esta merced en la hora en que la necesito.

Lavó entonces los pies de Martha. Después se arrodilló delante de Mariam. Mariam dejó escapar una lágrima y hundió los dedos en el pelo negro de Isa.

—¿Cuántas veces me has servido tú, madre? —le dijo él—. Por una vez, déjame servirte. No llores, dame fuerzas para afrontar el paso que me espera. Reza por mí, porque este paso es parte de mi camino.

Los discípulos se miraron entristecidos, pues entendieron que Isa y Mariam estaban despidiéndose.

Isa vino luego a mí. Nos miramos a los ojos. El llanto me brotó del pecho como un torrente que desborda un aljibe, pero con la primera lágrima cesó la tempestad. Isa me tomó los pies entre las manos y la tibieza se extendió poco a poco por mi cuerpo. Ya no hubo angustia, ni pena, tan sólo sosiego en mi corazón. Crucé las manos sobre el vientre, para retener la tibieza dentro de mí. Las dejé allí cuando Isa levantó la vista y volvió a mirarme.

Cuando acabó de lavar a todos, Isa se enjuagó las manos y dejó la jofaina en un rincón. Volvió a su sitio, se puso el manto y se quedó de pie delante de la mesa.

—Mi paz os dejo —dijo—. Mi paz os doy. No os la doy como la da el mundo, que por cada alegría pide algo en prenda. Esta paz que yo os he dado no os la puede quitar nadie, y en pago por ella nada os pido. Llevadla en vuestro corazón y recordad lo que me habéis visto hacer. Servid a otros como yo os he servido. Servid al que no tenga a nadie que le sirva antes que a ninguno. No esperéis nada a cambio, ni os quedéis para que os den las gracias. Tenéis ya mi paz. Cuanto hagáis por el más humilde de los siervos de Dios, lo haréis por la salud de vuestro corazón, pues los ángeles os darán también su paz en recompensa. Estaréis entonces conmigo y yo estaré con vosotros.

VII

Isa tomó entonces el ácimo de Belén que Pedro y Juan habían traído. Lo sostuvo en alto y lo bendijo, como antes había bendecido el pan su padre, el padre de su padre y todos los maestros nazareos desde Moisés.

—Este es el pan de Israel —dijo—, el que Abraham ofreció en Tabor, el que Moisés dio de comer a su pueblo en el desierto. El que coma de este pan encontrará el camino de la paz. Alabado sea Dios, que nos da con él la vida nueva.

Partió el ácimo y me dio una mitad a mí y la otra a Felipe. El ácimo pasó de mano en mano y todos comimos. Isa sirvió luego el vino en su copa de loza. Levantó la copa en alto:

—Este es el cáliz de Israel —dijo—, el que Abraham ofreció en Tabor, el que Elías elevó al cielo para derrotar a la muerte. El que beba de este cáliz encontrará el camino de la paz. Alabado sea Dios, que nos da con él la vida nueva.

Habíamos traído el vino desde Bethania en un odre de cuero. Era el vino de la primera uva, el que los discípulos habían pisado junto a la rosaleda. Entonces había sido ácido y espeso pero ahora era dulce en el corazón. Lo bebíamos con Isa.

Cuando acabábamos de cenar Isa volvió a ponerse de pie, aunque ya habíamos recitado todos los himnos y las oraciones. Rezó así al cielo:

—Padre nuestro, ha llegado la hora, he de marcharme como está dispuesto. No te pido por mí, sino por los que me confiaste. Ahora saben todo lo que has querido que sepan, les he enseñado todo lo que aprendí. Tú me los confiaste y ninguno se me perdió, salvo el que tenía que perderse. No te pido que los saques del mundo. Yo los he enviado al mundo a llevar tu amor, pero ya no son del mundo ni han de volver a él. Mientras estuve con ellos, los cuidé y los guardé con tu poder. Guárdalos ahora tú del mal. Mándales a tu ángel para que alumbre siempre sus pasos.

Los discípulos callaban pues nunca lo habían oído hablar así. Algunos se miraban consternados, porque Isa había dicho que uno de ellos había de perderse.

—¿Cuál de nosotros será el perdido, maestro? —preguntó por fin Simón.

Isa respondió:

—Se ha perdido ya, para que se cumpla la profecía: «El que come conmigo se volverá contra mí».

Los demás le preguntaron quién era, pero Isa no quería decirlo. Pedro me hizo señas de que yo se lo preguntara. Recosté la cabeza contra su pecho y le dije en un susurro:

—¿Quién es?

—Es el que coma el pan mojado —dijo Isa en voz alta.

Ninguno se atrevió a mojar otra vez el pan en el vino, pero ya todos lo habían hecho, pues todos habían de perderse cuando llegara la oscuridad. Sólo Judas siguió mojando el pan, creyendo que el perdido no podía ser él.

—No tengáis miedo ni estéis angustiados —dijo entonces Isa—. Os he dicho todo esto para que creáis y sepáis que no estáis solos. La mujer que está de parto se siente angustiada porque ha llegado su hora, pero cuando nace el niño ya no recuerda la angustia porque la embarga la alegría. Ahora vosotros estáis tristes, pero cuando volváis a encontrarme vuestro corazón se alegrará con una alegría que ya nadie os podrá quitar. Entonces ya no tendréis que preguntarme nada. Pedid al ángel del Señor, llamadlo por su nombre y os aseguro que os concederá cuanto necesitéis. Ahora vámonos —murmuró, poniéndose de pie—. Ya es tarde y debemos andar el último trecho.

Tras las ventanas de la habitación, se elevaban al cielo los últimos hilos de humo de la hoguera del templo. Los gritos de la fiesta se apagaban a lo largo de las callejas. Recogimos la mesa con Pedro y Juan, y bajamos uno por uno por la escalera. Isa aguardó conmigo a Judas, que se había quedado rezagado otra vez.

—Lo que tengas que hacer hazlo pronto —le dijo—. Ve a donde te esperan.

Judas lo miró con los ojos encendidos y echó a andar hacia el templo.

VIII

Salimos por la puerta escondida, viendo en lo alto los hachones de los guardias. Fuimos por los juncales del Kidrón hasta el huerto de José. Mariam y Martha subieron a dormir en seguida, pero Isa se quedó dando vueltas alrededor del pozo. Los discípulos se sentaron en el suelo y empezaron a adormecerse. Esperé en el primer peldaño de la escalera. No quería subir sin él.

Cuando todos cayeron dormidos, dio la última vuelta y se detuvo delante de cada uno, arropándolos con los mantos. Se acercó por fin.

—Ven, mujer, vela tú conmigo que me muero de tristeza.

Nos adentramos en el huerto, bajo las ramas negras de los olivos. Cuando subíamos por la cuesta, vi a mi espalda a Juan, con su hermano Yago y con Pedro. Le mostré a Isa que venían con nosotros, pero él apenas suspiró y miró al cielo.

—Señor —susurró—, protégelos con tu poder.

Nos detuvimos en un claro en la ladera. Del otro lado, el viento afilaba las rocas del monte de los Olivos. Sentí un escalofrío al reconocer la cabeza del peñasco de La Calavera. En lo alto, un poste desnudo partía en dos las nubes grises. Juan y los otros se habían quedado atrás entre los árboles. Una mula solitaria pasó hacia Jerusalén, por delante de la reja del huerto.

Isa se arrodilló y levantó las manos al cielo. Me arrodillé a su espalda, apoyé los codos en una piedra y esperé a que pronunciara la oración que debíamos decir. Empezó a rezar, pero el viento se llevaba sus susurros. Apoyé la frente en la piedra para invocar al ángel del Señor. Al cabo de un rato, oí roncar a los discípulos.

Entonces escuché su voz. Abrí los ojos y vi a Isa aún a tres pasos, de rodillas, con los brazos extendidos, pero su voz sonaba justo en mi oído.

—No temas, Mariam. Soy yo el que te habla, aunque no veas que te hablo a ti. Te hablo así para decirte lo que ya sabes. Aunque ya lo sepas, debes oírlo. Éste que ves rezando a tu lado soy yo, el que te ha querido y al que tú has querido. Pero mañana, antes del crepúsculo, te mostrarán a otro que no soy yo, sino el que la ignorancia y la maldad de otros han querido hacer de mí.

Por encima del peñasco, se había abierto un boquete entre las nubes. La luz blanca de la luna caía sobre el poste oscurecido. Isa levantó los brazos más alto y volví a estremecerme.

—Este poste que tienes delante es el poste de una cruz, Mariam —me dijo—. El carpintero clavará mañana el madero de en medio y levantará de la tierra el árbol de la muerte. Sus ramas irán más tarde al fuego y se consumirán hasta las cenizas. Pero yo no moriré en esa cruz de madera, ni me extinguiré con el tormento. Mi cuerpo no se consumirá, aunque veas mi rostro gris y mis miembros rotos, y en mi corazón seguirá latiendo el fuego del Árbol de la Vida. Esta cruz no está aquí para que yo muera, sino para que otros la vean y no la olviden. Contémplala ahora tú conmigo, para que sepas que estoy contigo cuando las tinieblas se abatan sobre tus ojos.

Me quedé mirando el poste hasta que todo se oscureció a su alrededor. Cerré los ojos y vi ya el palo de en medio clavado en la muesca. Volví a abrirlos espantada y vi la espalda y los brazos de Isa, la cruz blanca de su cuerpo.

—Me verás y no me verás —dijo entonces Isa—. Yo te hablaré con mi voz, para que tus ojos no te engañen y distingas lo que es cierto de lo que otros digan. Lo que te digan que padecí, no es lo que he padecido. Lo que te digan que sufrí, no lo he sufrido. Me injuriarán, me hundirán clavos en la carne y dirán que ya he muerto. Pero no estaré muerto, sino vivo, porque no soy lo que otros dirán que fui. Lo que te digan que sufrí en la cruz eso no lo sufrí, pero lo que no cuenten que sufrí eso sí lo sufrí, para enseñar a otros la senda del espíritu.

El viento empezó a silbar otra vez entre las rocas. La luna volvió a esconderse y una estrella brilló más alto, por encima de las nubes de La Calavera.

—Escúchame, Mariam. Tú sabes quién soy, porque yo te lo he mostrado y has estado conmigo. Cuando ya no esté a tu lado, recuerda que no soy el que te dicen. Te he confiado estas cosas porque nadie más puede comprenderlas. Llévame en tu corazón, para que viva y no muera. Pasará mucho tiempo antes de que el mundo comprenda quién fui yo. Entonces los hombres verán la estrella que ha guiado mi camino.

IX

Cuando levanté la frente de la piedra, Isa seguía de rodillas, con el rostro traspuesto por la oración. Le toqué el hombro y se volvió como si lo despertara de un sueño. En la reja del huerto, habían aparecido una docena de hombres con antorchas. Los levitas de Manasés llevaban en alto sus bastones. Los guardias del templo golpeaban los barrotes de la reja con sus cadenas.

—¡Abran! —gritaban—. ¡Abran, en nombre del sanedrín!

De este lado de la reja, varias sombras se escurrían por entre los árboles. Eran los discípulos que habían estado dormidos en el patio. El clamor los había despertado y se echaban a la huida.

Pedro, Juan y Yago vinieron corriendo al cabo de un momento. Una de las sombras se acercó también por entre los árboles. Suspiré con alivio al reconocer a José de Arimatea. Vi luego el saco en su mano, en el que traía las espadas. En la otra mano tenía la llave herrumbrosa que abría la reja.

Isa se levantó a mi lado. Me estrechó contra su pecho. Me apartó despacio y no volvió a mirarme, porque ya nos habíamos despedido. Mariam vino corriendo seguida de Martha y ambas se abrazaron desconsoladas a sus rodillas. Isa las levantó con delicadeza.

—No vayas, maestro —dijo Pedro, interponiéndose en su camino—. Daremos la vida por ti.

Isa se detuvo y lo miró con ojos tristes:

—Apártate, Pedro. Serás el primero en negarme. Antes de que cante el gallo, me negarás tres veces.

Pedro se apartó y se echó a llorar, sin entender por qué le hablaba así.

José de Arimatea vino entonces con la llave y el saco de las espadas.

—Tengo dos mulas esperando detrás del peñasco. Te llevarán adonde quieras ir.

—Sabes a dónde debo ir, hermano. Dale esa llave a Yago y márchate. No deben verte conmigo.

José dio la llave a Yago y se adentró en la espesura. Se encaminaba hacia la ciudad, donde los saduceos aguardaban ya para juzgar a Isa. Fue él mismo quien lo llevó luego con Pilatos, el procurador de Tiberio. Nos lo contó también más tarde, cuando Isa ya se había ido.

Yago se acercó temblando a abrir la reja. Me quedé atrás con Juan, porque a nosotros tampoco debían vernos. Oímos la voz de Isa por entre los árboles.

—¿A quién buscáis? —preguntó a los guardias.

—¡Al rey nazareo! —gritaron—. El que llaman Isa.

—Soy yo.

Los guardias y los levitas entraron en tropel y comenzaron a golpear a Yago.

—¡He dicho que soy yo! —gritó Isa—. Dejad ir a éste que está conmigo.

Dejaron a Yago y se volvieron hacia él. Judas apareció entonces entre el tumulto. Se acercó y le besó la mejilla.

—Es él —dijo a los guardias—. Él es el rey de Israel.

La voz se le quebró. Miró alrededor con ojos de pánico, al percatarse de su error. Fue así como prendieron a Isa.

X

Los saduceos se hallaban reunidos en el patio de la casa de Caifás, detrás del antiguo palacio de Herodes. Nicodemo de Gorión estaba con ellos y también los otros fariseos del sanedrín. Cuando José entró en el patio, todos habían tomado sus puestos. Estaba hablando Nicodemo:

—¿Cómo podemos juzgarlo y condenarlo antes del sabbath? No hemos oído los cargos, y debemos escuchar también a los testigos. Es lo que dicta la ley.

Los demás fariseos temían hallarse impuros para cuando el sabbath empezara al atardecer. Caifás insistía en mandar al tormento a Isa antes de la pascua para que lo vieran todos los peregrinos.

—¿Es que te has hecho nazareo, Nicodemo? —dijo impaciente Caifás—. Tu reo inocente es un falso profeta que enseña los conjuros de los esenios del desierto. Ha predicado contra los sacrificios y contra nosotros, y ha puesto en ridículo a tus discípulos en las escalinatas. Los que lo siguen dicen que es el Mesías y ha entrado en la ciudad en un asno, como los reyes antiguos de Israel. ¿Qué más cargos quieres oír?

—Ha robado dinero del templo —añadió el tesorero de Caifás, que estaba a su lado—. Uno de sus nazareos compró el cordero de la pascua y no pagó el tributo. Han celebrado su rito secreto esta noche, aquí mismo en Jerusalén. Sabemos que han bebido sangre en vez de vino.

Nicodemo se sentó sin atreverse a decir más. Los guardias entraron entonces con Isa. Venía encadenado y cubierto de polvo, pues lo habían hecho caer por el camino. Los saduceos empezaron a insultarlo, repitiendo los cargos de Caifás y del tesorero.

—¿Qué tienes que decir en tu defensa? —le dijo el sumo sacerdote.

—He enseñado en el templo, a la vista de todos. Tú me has traído aquí a escondidas, para juzgarme en medio de la noche. Llama a los que me han oído y te dirán qué es falso y qué es cierto.

José nos contó luego que los guardias habían derribado a Isa. Caifás había ordenado que lo levantaran del suelo.

—¿No es cierto, entonces, que eres el Mesías, el hijo de Dios? —le preguntó.

—Soy hijo de la tierra, como tú, e hijo del cielo —contestó Isa, y citó la escritura—: Dios ha dicho «Yo haré de vosotros dioses».

—¡Ha blasfemado! —gritaron entonces los saduceos—. ¡Ha blasfemado! ¿Por qué hemos de oír a testigo alguno?

—¡Que lo manden azotar! ¡Que lo destierren! —gritaban también los fariseos. Se habían rasgado ya las vestiduras, aunque esa misma mañana tendrían que volverlas a coser.

Caifás dijo entonces con un grito:

—¿Cuál de vosotros lo llevará ante Pilatos para que lo crucifique?

Al instante, el patio quedó en silencio. Nadie había hablado hasta entonces de crucificar a Isa. El que lo llevara ante Pilatos quedaría impuro para la pascua. Aun con la dispensa del sumo sacerdote, tendría que pagar la multa al tesorero. El procurador Pilatos, además, estaría esperando su óbolo a cambio de la sentencia.

—Todos lo habéis condenado —reclamó Caifás—, ¿cómo es que ninguno quiere llevarlo?

—Lo llevaré yo —dijo José, dando un paso al frente.

Nadie más se había ofrecido. Cuando los jueces del sanedrín se fueron a dormir, José nos envió a uno de sus criados para que supiéramos dónde estaría Isa.

XI

En las escalinatas de la Torre Antonia, los centinelas descruzaron las lanzas al ver a José con su prisionero. El decurión del patio salió a recibirlo y lo llevó en seguida a los aposentos del procurador. José le había mandado también un mensaje a la romana de la torre, para que le anunciara a Pilatos su visita.

—Llegas justo a tiempo, José —dijo el procurador—. Mis criados me han asado un corazón de buey para que honremos juntos el día de Venus.

José conocía el humor malévolo de Pilatos. Se detuvo en medio del cuarto con Isa.

—Sabes que no pienso convidarte, José —dijo Pilatos impaciente—. Tu dios no te dejaría comerte semejante manjar. Podéis sentaros en mis taburetes, te aseguro que están tan puros como los del patio de Caifás.

José se sentó con Isa. Pilatos siguió comiendo las vísceras sangrientas que había en la bandeja.

—Finalmente me traes a tu protegido —le dijo a José—. ¿Es que ya no está a salvo en tus manos?

José había llevado a Isa a lavarse y le había quitado las cadenas, pero los guardias le habían dejado el rostro lleno de golpes. Le contó a Pilatos lo ocurrido en casa de Caifás. El procurador rezongó irritado:

—Los muy bastardos. Lo matarían con sus manos con tal de no pagarme por la sentencia.

Se volvió luego a Isa, chupándose los dedos.

—¿De modo que tú eres el rey de Israel?

Isa guardó silencio.

—No tengas miedo de hablar. Sé quién eres. En realidad, lo sé ya todo de ti, gracias a José y a mi esposa Lidia, que se ha hecho tu discípula aunque cree que yo lo ignoro —Pilatos se levantó y atisbó a través de una cortina—. Aún debe estar amamantando. No tardará en venir a abogar por ti. Respóndeme: ¿eres el rey de Israel?

—Tú lo has dicho —contestó Isa.

Pilatos se echó a reír.

—Hablas como un sabio aunque callas como un necio. En efecto, sólo yo puedo coronarte rey. Estoy dispuesto a hacerlo, con tal de librar a Tiberio de las rémoras del sanedrín. ¿Quieres abolir sus sacrificios, según me cuentan? El imperio te agradecerá que conviertas sus tributos en impuestos. Eres galileo por parte de madre, ¿no? Cuando ya reines en Judea, nos desharemos del bobalicón del tetrarca Antipas.

Pilatos hizo una pausa y miró a Isa:

—Pero primero hemos de proclamarte rey. ¿Eres el rey de Israel? Te lo pregunto por tercera vez.

—Mi reino no es de este mundo —contestó Isa—.

La sonrisa de Pilatos cayó como una máscara.

—Sí, José me lo ha explicado. Eres el rey del verdadero Israel, que por lo visto no está en ningún sitio. No tienes súbditos, ni palacios, en fin, eres un asceta y desprecias los tronos y las prebendas. Sin embargo, tu gente te sigue y te tiene por un profeta y un semidiós. Provienes del linaje de David. Has dicho que tienes un reino. Ergo, eres rey. ¿Por qué no te dejas de solemnidades?

—Mi reino no es de este mundo —repitió Isa con firmeza—. No he venido a este mundo a sentarme en un trono, sino a dar testimonio de la verdad. Los que conocen la verdad me siguen.

—¿Y qué es la verdad? —preguntó Pilatos—. El propio Epicuro decía que los dioses no quieren enseñárnosla. Ven, asómate a la ventana. Los saduceos están sacando del templo a los peregrinos por la escalera de la explanada. Dentro de un momento sus esbirros estarán en el patio de la torre, pidiéndome a gritos que te crucifique. Te han mandado aquí para que yo te condene. Morirás en una cruz si yo lo decido. Esa es la verdad.

Isa se asomó en silencio a la ventana. Pilatos lo apartó antes de que la gente pudiera verlos.

—Me pides un imposible —dijo Pilatos a José—. Y Lidia me pide otro tanto. Este hombre quiere perder la vida.

XII

Los sacerdotes habían acabado de sacar del templo a los peregrinos. Caminamos entre ellos hasta el patio de la torre, y Simón el Zelota fue luego a dar una vuelta en busca del resto de los discípulos. Lo habíamos encontrado en el cruce del Kidrón cuando subíamos a la ciudad con Martha y Mariam. Pedro estaba más adelante, llorando debajo de un nicho en la Puerta de las Ovejas. De los demás no teníamos noticias.

En las escalinatas varios hombres gritaban pidiendo justicia y reclamando que bajara el procurador. Eran los esbirros del sanedrín, que habían perseguido a Isa el año pasado con palos y piedras. Los levitas habían traído también a los vagabundos de la Puerta del Pescado y a los borrachos de las tabernas. Les repartían discretamente monedas de cobre cuando los gritos empezaban a decaer.

El procurador apareció bajo el pórtico. Isa venía detrás con las manos atadas con una cuerda. Me estremecí al verle el rostro, la túnica sucia y desgarrada. Busqué su mirada y lo vi entrecerrar los ojos, como si parpadeara porque el sol le daba de frente. Mariam vino a mi lado y me juntó las manos, palma contra palma. Se había cubierto la cabeza con el manto para acompañar en la oración a Isa.

El procurador mandó llamar al sumo sacerdote, que estaba al pie de la escalinata con los saduceos. Caifás subió tres peldaños, acompañado del tesorero y el escriba mayor. No podían subir más sin contaminarse de impureza.

—¿De qué acusáis a este hombre? —preguntó irritado Pilatos—. Yo no encuentro culpa en él.

—Es un criminal, dómine —contestó el escriba—. Ha blasfemado contra nuestro Dios y se ha proclamado rey de Israel. Ha violado nuestra ley.

Pilatos contestó con desprecio:

—Condenadlo según esa ley vuestra. Lo habéis juzgado ya por ella, según parece.

El escriba miró de reojo a Caifás y dijo con voz solemne:

—Pedimos la pena de muerte, dómine. Por eso hemos venido a ti.

En la explanada, los esbirros de los levitas comenzaron a gritar:

—¡Crucifícalo! ¡Mátalo! ¡Crucifícalo!

La gente se miraba aterrada, pues muchos habían reconocido a Isa. Una mujer se echó a llorar pidiendo que no lo crucificaran y los guardias la hicieron recular a latigazos. Más allá, dos borrachos se habían enzarzado en una pelea con unos peregrinos galileos. Caifás levantó la mano llamando al orden. Se dirigió a Pilatos con voz untuosa:

—El pueblo está intranquilo, procurador. Esta noche es nuestra fiesta sagrada. Si no castigas al blasfemo no podremos contenerlos.

Pilatos enrojeció de ira. Pero, al cabo de un momento, su rostro palideció. Se levantó de su silla y entró en la torre siguiendo al decurión, que había venido a hablarle al oído. Por entre las columnas se había asomado una romana vestida de blanco hasta los pies. El corazón me dio un vuelco al reconocerla y tomé la mano de Mariam. Volvió a juntarme las manos una contra otra. Cerré yo también los ojos, pidiendo al cielo.

Cuando volví a mirar al pórtico, Pilatos estaba de pie junto a su silla. Dos soldados sacaron entonces a un preso con el pecho desnudo, cubierto de azotes y maniatado con cadenas. Clavé la mirada en el rostro de Isa, para no ver la carne desgarrada del hombro. Me apoyé en el hombro de Juan, sintiendo que me faltaban las fuerzas. Simón el Zelota había vuelto ya con nosotros y había empezado a llorar.

—Es Barrabás, el hijo del rabí de Belén —murmuró, señalando al preso—. Era el jefe de los zelotas cuando nos rebelamos en Galilea.

La multitud había lanzado un grito, porque muchos conocían también a Barrabás. En Galilea y en Judea, su nombre era famoso y la gente celebraba en secreto sus hazañas.

Pilatos habló entonces al tumulto, sin mirar a Caifás ni al escriba mayor. Señaló primero a Isa.

—Este hombre es inocente. Lo habéis proclamado vuestro rey.

Luego señaló a Barrabás:

—Este hombre es un bandido y un asesino. Ha de ir a la cruz.

Les pidió que decidieran cuál de los dos debía quedar libre.

Algunos pidieron que liberara a Isa, pero otros miraban sobrecogidos las heridas de Barrabás. Casi todos callaron por miedo a los sacerdotes y los levitas. Los esbirros del sanedrín gritaron más fuerte:

—¡Suéltanos a Barrabás! ¡Suéltanos a Barrabás!

—¿No queréis que os suelte a vuestro rey? —insistió Pilatos.

—No tenemos más rey que el césar —contestó el escriba—. Éste no es ningún rey nuestro.

Los otros seguían gritando:

—¡Castígalo como a Barrabás! ¡Crucifícalo! ¡Crucifícalo!

Pilatos mandó dentro a Barrabás y los soldados empezaron a quitarle las cadenas. Sentí de nuevo a Juan y a Mariam a mi lado, y los ojos se me nublaron. Entre las columnas, el rostro de Isa se desvaneció y vi tan sólo la espalda desnuda y martirizada del preso. El decurión apareció bajo el pórtico con una jofaina de plata. El sol centelleó en el metal y por un momento todo se puso blanco. Las palabras de Pilatos me llegaron por entre la neblina.

—Que esta sangre recaiga sobre vosotros. Yo estoy limpio de ella.

XIII

El cortejo salió pasado el mediodía por la Puerta de las Ovejas. El decurión marchaba delante con la enseña y detrás venían los tres soldados con los látigos. La gente se había juntado para ver a Isa, pero volvía la espalda y se apartaba del camino. Pilatos había condenado con él a otros dos presos y había ordenado que los llevaran desnudos al tormento, para que todo el que los mirara quedara impuro. En la víspera de la fiesta, las tres cruces colgarían del cielo.

Esperamos cruzando el Kidrón, delante del huerto de los olivos. Juan y Mariam me abrazaron cuando Isa apareció en lo alto de la cuesta. Le habían dejado a él solo la túnica, pero en la cabeza le habían puesto una corona de zarzas. Venía cojeando y sobre los hombros traía el palo de en medio de la cruz. Sus manos blancas colgaban de las correas. En la curva del puente tropezó y dobló una rodilla. El palo resbaló por entre las correas y cayó al suelo. También yo caí.

Por el camino apareció un leñador que volvía a la ciudad para la fiesta. Lo llamaban Simón Cireneo y había estado alguna vez en Bethania, visitando a Lázaro. Los soldados lo prendieron cuando llegó al otro lado del puente. Protestó y trató de soltarse, pero luego vio a Isa en el suelo y se puso a llorar. Tiró su manto y se echó el palo a cuestas. Cuando pasó junto a nosotras, Mariam le dio las gracias con un suspiro.

—¿Qué no harán con el árbol crecido si esto hacen con el retoño? —dijo el hombre sollozando y sacudiendo la cabeza.

Isa cruzó entonces el puente y apartó la mirada como si no quisiera vernos. Mariam le tendió los brazos y yo le tendí los míos. Nuestros dedos se entrelazaron en el aire. El soldado lo empujó para que siguiera andando y lo hizo tropezar otra vez. Cuando levantó la vista, vi una lágrima en su rostro. Por las sienes le corrían dos hilos de sangre porque al caer se le habían clavado las espinas de la corona.

—Madre, cuida de tu hija —le dijo a Mariam y se volvió a mí—: hija, cuida de tu madre.

El soldado lo levantó y volvió a empujarlo. Vi entonces su espalda encorvada y las manchas de sangre en la túnica. En la pierna que traía coja tenía también una herida. «Lo que te digan que padecí, no lo padecí», me repetí en el corazón. «Lo que te digan que sufrí», eso no lo he sufrido. Mariam me levantó del suelo, todavía abrazándome. Lo seguimos hacia el huerto.

En la reja, nos esperaba José de Arimatea. Había venido a la explanada a avisarnos que estaría allí, pero no debíamos mostrar que lo conocíamos. El decurión nos cerró el paso, pues nadie debía acercarse al sitio de la cruz. José le mostró la orden lacrada con la insignia de Pilatos. El procurador le había hecho esa merced, además de concederle que crucificaran a Isa en su huerto. José había de pagársela esa tarde con el oro de la sentencia.

Enfilamos por la pendiente hasta el claro donde había rezado con Isa. Los ojos se me nublaron y sentí otra vez que me ahogaba cuando miré la silueta del peñasco de La Calavera. Los carpinteros ya habían enterrado los postes de las otras dos cruces. Un hombre con el rostro cubierto trajo dos escaleras para subir al primer condenado al suplicio. El verdugo se acercó con el mazo y los clavos para fijar en la muesca del poste el palo de en medio. Cerré los ojos otra vez.

«Me injuriarán, y hundirán clavos en mi carne y dirán que ya he muerto. Yo te hablaré con mi voz para que tus ojos no te engañen. Mariam, yo te hablaré con mi voz…».

Oí un grito de dolor. Miré hacia lo alto. El verdugo había clavado los pies del primer preso para que no resbalaran de la cruz. El hombre se aferraba a las correas, pero su cuerpo resbalaba poco a poco hacia el suelo.

Martha vino a mi lado al verme trastabillar. Mariam rezaba de rodillas junto a la piedra donde yo había rezado la víspera. Del otro lado del claro, Isa estaba aún vestido, pero los soldados ya le habían desatado las manos. José se acercó y le entregó a Juan una copa de vino para que le diera de beber.

—Traigo lo que me confiaste, maestro —dijo Juan.

Un soldado lo empujó, pero el decurión ordenó que los dejaran hacer. Juan echó en la copa el medio grano de incienso que Isa le había dado a guardar para su último día. Isa bebió un solo sorbo. Su rostro palideció. Sus ojos me buscaron por entre los soldados.

«Sabes quién soy porque yo te lo he mostrado. Cuando ya no esté a tu lado, recuerda que no soy el que te dicen. Llévame en tu corazón, para que viva y no muera…».

El verdugo apoyó la escalera contra el poste. El otro hombre se acercó con los clavos, sosteniendo en vilo el mazo. En lo alto de la cruz, uno de los carpinteros había clavado ya la tablilla con la sentencia de Pilatos: «Isa, el Nazareo, el Rey de Israel».

Lo subieron.

XIV

Por el camino de Bethania, los peregrinos se tapaban la cabeza al pasar bajo el monte de los Olivos. En la reja del huerto había ido juntándose un tumulto que venía a despedir a Isa. Eran los pobres más pobres de Jerusalén, los impuros que no tenían ropa limpia ni podían entrar en el templo para la fiesta. También había esbirros del sanedrín, que habían venido a verlo morir mientras sus jefes se purificaban en sus mansiones. Unos le gritaban que se salvara a sí mismo con sus poderes. Otros habían empezado a lamentarse y a arrepentirse. El viento dispersaba sus voces por entre las ramas de los olivos.

En el claro de la ladera, Mariam y yo seguíamos rezando bajo la llovizna. Nos habíamos acercado al peñasco para que Isa pudiera vernos sin volver la cabeza. De vez en cuando los ojos se me escapaban y miraba sin querer las manos atadas y el hilo de sangre que le manaba de los pies. Sentía otra vez la punzada, como cuando el verdugo había hundido los clavos. Los gritos de los condenados se me clavaban en el pecho y en el vientre. Me refugiaba en la voz de Isa. Buscaba su rostro bajo las nubes grises. Sus facciones se habían endurecido después de beber el vino amargo del incienso, pero sus ojos todavía estaban conmigo.

El aguacero empezó a caer sobre la tercera hora de la tarde. Los soldados se guarecieron entre los olivos y echaron a suertes quién debía montar guardia. El verdugo se quedó al pie de las cruces, secando con un trapo el mango del mazo. Los condenados comenzaron a gritar creyendo que se disponía a quebrarles las rodillas. Uno pedía clemencia, pero el otro le rogaba que se las quebrara, para que el cuerpo se le escurriera de una vez y el pecho se quedara sin aliento. Empecé a rezar en voz alta para que Isa alcanzara a escucharme. El manto mojado me pesaba sobre la frente. La lluvia me corría helada por la espalda y las rodillas se me hundían en la hierba. Mariam y Martha rezaban conmigo.

Oímos entonces su voz:

—Tengo sed.

El verdugo y el soldado rieron porque Isa pedía agua aunque llovía a cántaros. Pero él volvió a decir que tenía sed.

José salió de entre los árboles, acompañado del decurión. Juan empapó una esponja en la copa con el vino del incienso. Levantaron el trapo en una caña, e Isa enderezó la cabeza muy despacio. Me miró desde lo alto y por un instante los ojos se le encendieron. Su cuerpo se estremeció con el relámpago, desnudo bajo la lluvia, ya limpio de las heridas.

—*Elí, Elí, lemá sabaktani?* —gritó.

Los soldados corrieron hacia la cruz. Los carpinteros acudieron con ellos.

— Está llamando a Elías para que venga a salvarlo —decían—. Mirad.

Isa gritó otra vez, alzando la vista:

—¿Por qué me has abandonado?

Un trueno retumbó en el cielo. En la reja del huerto se alzó un grito. Los ecos reverberaron en la lluvia, hasta que se los llevó el viento. Isa dejó caer la cabeza a un costado. Las tinieblas se abatieron sobre su rostro.

Murmuró:

—Todo se ha cumplido.

Los soldados empezaron a rezongar, porque el rey nazareo no llevaba ni dos horas en la cruz. Uno le apuntó con su lanza, desconfiando de que hubiera muerto, pero temblaba de miedo y erró el tiro. La punta de la lanza resbaló contra el costado de Isa y unas gotas de sangre salpicaron el ramalazo de agua de lluvia. El soldado huyó corriendo como si hubiera visto un fantasma. Los carpinteros también echaron a correr y en la reja se dispersaron los curiosos, los pobres y los mendigos. El cielo se encapotó como si fuera a caer el sol. El verdugo levantó el mazo, pues los dos condenados habían vuelto a llamarlo. Ni uno ni otro tenían ya esperanzas de bajar de la cruz como no fuera muertos.

Los soldados cargaron los cadáveres en dos sacos para tirarlos a los perros. Cuando llegaron a la cruz de Isa, José se interpuso de nuevo con el decurión. El verdugo aserró la tabla donde estaban clavados los pies. Pedro y Juan ya habían trepado por las escaleras para bajar el cuerpo. Lo pusieron en mis brazos y besé sus labios blancos. Pero la agonía había terminado, también en mi corazón. José tenía preparada la gruta en un rincón del olivar. Isa dormiría allí el sueño de la muerte, hasta que despertara.

XV

Los hermanos de Jerusalén fueron llegando a lo largo de la noche. Al día siguiente, vinieron también hermanos de Ainón y de los monasterios de Perea, que habían venido a Bethania hacía sólo unos días a festejar el comienzo de la pascua. Traían consigo las vendas y los ungüentos, como si hubieran estado aguardando la noticia. Los mensajes de José los habían alcanzado antes de que cruzaran de regreso el Jordán.

Los discípulos regresaron uno tras otro al huerto de los olivos. Pedro apareció con Simón el Zelota, que había pasado la noche en los juncales del Kidrón por miedo a los romanos. Yago y Andrés se habían refugiado en Bethfagé y los demás se habían quedado en la ciudad, escondiéndose entre los tumultos. Venían cabizbajos y avergonzados porque todos habían dejado solo a su maestro. Pedro los llevaba hasta la boca de la gruta y se quedaban rezando fuera, sin atreverse a entrar.

Los primeros peregrinos pasaron al alba por el camino, cantando de regreso hacia sus casas. Martha y Juan fueron a descansar y José montó en su mula para que no lo echaran en falta en la ciudad. Tras la boca de la gruta, el sol brilló en la hierba. Las sombras de los olivos se encogieron y volvieron a alargarse, hasta rozar los pies de Isa. Mariam cubrió el cuerpo con una manta porque empezaba a hacer frío. Seguimos rezando.

Al anochecer, volvió también Tomás, que había estado escondido toda la pascua con sus amigos pajareros. Era el último discípulo que faltaba, aparte de Judas. Entró en la gruta llorando y dándose golpes, y enmudeció al ver el sudario y los jarros de los ungüentos intactos. Vio luego a Isa tendido bajo la manta. Se arrodilló a mi lado y juntó las manos, pero no pudo resistir la curiosidad:

—¿Qué ocurre, Mariam? ¿Por qué no lo han vendado?

No quise contestarle. Volvió a preguntar:

—¿Cuándo pondrán la losa de la tumba?

Me miró entonces la túnica. Miró luego a Mariam y a Martha. Tampoco los hermanos se habían rasgado las ropas, ni se habían echado la ceniza en el pelo. Juan vino a él y le habló al oído. Tomás se levantó y salió muy pálido a rezar con los demás.

Cuando se retiraron los hermanos, abrí la botellita de aceite de mirra que había traído de Bethania. Había ungido a Isa la víspera, como él me había indicado, sobre los labios y en las sienes, también en las muñecas y en los huecos de los clavos. Vertí la última gota en su rostro, para que aspirara la fragancia. Dejé caer la frente sobre su pecho. A mi alrededor, los cirios siguieron chisporroteando. No oí nada más. Mariam me tomó las manos y rezamos juntas, como bajo la pérgola de Bethania:

Shema Yisrael Adonai Eloheinu Adonai Echad
Shema Yisrael Adonai Eloheinu Adonai Echad
Shema Yisrael Adonai Eloheinu Adonai Echad...

Caminamos abrazadas hasta la casa. Martha y Juan se quedaron velando.

XVI

Al tercer día desperté muy temprano, antes de que el sol asomara tras el monte. Bajé al pozo del patio y me adentré bajo los olivos, tropezando por el cansancio. Cuando estuve cerca del sepulcro, empezó a palpitarme el corazón. La losa ya estaba dispuesta delante de la gruta. Encima había sentados dos hermanos que no había visto el día anterior. Sus túnicas blancas eran casi azuladas en la penumbra de la aurora. Adentro, habían apagado los candelabros. El lienzo de seda yacía en un rincón.

—¿Por qué vienes entre los muertos, mujer? —me preguntó uno.

Su rostro se me desdibujó entre las lágrimas y sentí que se me partía el pecho. Pregunté a dónde habían llevado a Isa. El otro me contestó:

—El que buscas ya no está aquí. Lo aguardan en otra parte.

Volví a preguntar pero no dijeron nada. Detrás de la losa había un hombre de espaldas y pensé que era el hortelano, que había venido temprano al olivar.

—¿Por qué lloras? —preguntó.

Me acerqué tropezando, sin reconocer todavía la voz.

—Señor, se han llevado a mi esposo. Si te lo has llevado tú, dime dónde lo has puesto e iré yo misma a traerlo.

Isa se dio vuelta entonces. Los ojos se me encandilaron, porque el sol asomaba justo a su espalda.

—¡Mariam!

—¡Rabbuní! —grité—. ¡Esposo!

—No me toques todavía —dijo de repente—. Tendrás miedo.

Mis pies corrieron solos hacia él. Mis manos no podían sino tocarlo. Lo abracé y me estremecí al palparle la espalda bajo la túnica. Isa sonrió y me secó las lágrimas, como si hubiera sentido yo el dolor. El olor del incienso aún estaba en su aliento, pero los surcos de las heridas ya eran cicatrices. Sus pies pisaban la hierba, aunque todavía los tenía vendados. Yo no lloraba de tristeza, sino de dicha, y las lágrimas se llevaban todas las penas que habíamos pasado.

—Diles a los otros que iré adelante por el camino —murmuró—, que vayan a Galilea, donde tenemos que encontrarnos.

Se volvió hacia el sendero, pero lo retuve entre mis brazos. Besé sus labios y sus ojos y sentí la tibieza de su cuerpo. Oí otra vez los latidos de su corazón. Un soplo de viento volvió las hojas de los olivos. Sus manos se demoraron un momento en mi vientre, antes de que nos dijéramos adiós.

Estaba allí conmigo, tal como me había anunciado.

EPÍLOGO

Del testimonio de Juan, hijo de Zebedeo y discípulo de Isa, que se hizo nazareo con él y dio fe de sus actos.

El maestro permaneció un tiempo más entre nosotros antes de marcharse. Estuvo en Getsemaní y luego en Bethania, adonde muchos hermanos habían acudido en busca de Lázaro. Nos encontró luego en Galilea, como había dicho Mariam. No andaba por los caminos, porque ya nadie debía verlo. Pero su recuerdo estaba en cada piedra, en cada cañada que habíamos vadeado juntos. En los días de alegría sentíamos su paz. En las tristezas, invocábamos su nombre.

Una tarde salimos a pescar y lo avistamos desde las barcas. Estaba en la orilla, con los dos hermanos que lo habían sacado del sepulcro. Al llegar a la playa, encontramos encendida una hoguera con una hogaza de pan y unos pescados. Nos invitó a sentarnos con un gesto de la mano. Supe en seguida que era él. Los tres se quedaron de pie mientras comíamos. Ninguno de nosotros se atrevió a preguntar nada.

Cuando pasaron cuarenta días, fuimos juntos al monte Tabor, como nos había ordenado. Estaba sentado en lo alto de una roca, en compañía de dos hermanos. Empezamos a subir y tuvimos miedo, porque la neblina de la mañana descendía por el risco. El sol relumbró entre las rocas y las tres siluetas se oscurecieron como las de los espíritus de Sheol. El maestro bajó entonces, nos habló y nos mostró el rostro. También nos enseñó las heridas, para que entendiéramos que estaban curadas. Era la Fiesta de las Semanas, cuando Adonai bendice el primer pan. Venía a bendecirnos y a decir adiós.

Después de ese día no volvimos a verlo, salvo en los ensueños y las visiones. Corríamos tras él, y cuando llegábamos era un destello de sol en la espuma, una sombra entre las rocas. Supimos que cruzó el Jordán y bajó por el desierto hasta el reino de los nabateos. En Petra, la ciudad de las caravanas, tomó la ruta de Oriente, tras la estrella de los magos. Cuando el calor entró en la tierra, andaba ya muy lejos de Israel. Mariam me llamó aparte una noche. Hablamos hasta el alba al pie de las olas. Le pedí permiso para buscar a Isa, aunque debiera cruzar toda la tierra. Dijo que sólo él sabía si había de regresar.

Pedro y los otros nos despidieron tristes, sin comprender que los dejáramos tan pronto. Íbamos sólo a Magdala, a media jornada de camino, pero ninguno lo supo aparte de mi hermano Yago, que nos traía en secreto noticias de los demás. La madre del maestro vino para acompañar a Mariam y ayudarle con los preparativos. En las horas de la siesta bordaban las dos con el mismo hilo y sus rostros se desdibujaban en uno solo entre las columnas. Salían del brazo con el fresco de la noche para rezar debajo del pistacho. A mediados del otoño, José de Arimatea trajo a Martha desde Bethania. La noche del parto, Lázaro apareció embozado en una capa en el portal.

Para entonces, Caifás había comenzado a perseguir a los hermanos. Lydia intercedió por muchos de ellos, pero a Pilatos lo enviaron luego a las Galias, donde lo degollaron los bárbaros. El emperador Tiberio murió también a finales de ese año. En el trono de Roma se sentó Calígula, el primer hijo de la bestia que llamamos Babilonia. Los nuevos procuradores erigieron efigies del césar delante del templo e impusieron tributos sobre la tierra sagrada de Adonai. Los zelotas se rebelaron y la llama de la insurrección se encendió desde Hebrón hasta Tiberíades. En Jerusalén, el sanedrín se disolvió y Caifás tuvo que esconderse en su mansión. Murió envenenado por su criado Malco.

Las legiones bajaron de Siria como en los tiempos de la muerte de Herodes. Esta vez no venían a guardar la herencia de Antipas, sino a someter de una vez para siempre la tierra de nuestros padres. Los rebeldes se escondieron en las montañas, porque en el llano no podían dar la batalla. También los fariseos tuvieron que huir, pues se habían levantado contra las efigies del césar. Nicodemo de Gorión fue con ellos, pero murió antes de llegar a Jericó. También los hermanos se dispersaron, para que la enseñanza no se perdiera con ellos si caían juntos. Cuando Mariam pudo viajar, José de Arimatea nos mandó las últimas mulas que quedaban en sus establos. Partimos rumbo al norte.

Durante un tiempo tuvimos noticias por los refugiados que seguían nuestros pasos. Los discípulos de Bethsaida vinieron a vernos alguna vez, cuando ya predicaban y curaban como nos enseñó el maestro. Sus nombres corrían delante de ellos por la tierra y mucha gente los tenía por santos. Mariam salía a recibirlos, pero se encerraba después con el niño en el piso de arriba. Las últimas veces les dimos posada en la cueva que había bajando por la colina. Se marchaban sin entender por qué no debían entrar en la casa. Nuestros caminos se fueron separando.

Pedro volvió con Andrés al mar del poniente, a las ciudades donde había predicado. Embarcó más tarde hacia Roma, donde los hijos de la luz se esconden bajo la tierra y parten el pan y el vino entre las sombras. Lo crucificó Nero, el cuarto hijo de la bestia. Sin embargo, Pedro había ido a Roma a que lo crucificaran. Quería sufrir el tormento del maestro, aunque sabía que él no viviría después. Nunca se perdonó por haberlo dejado solo.

Leví, el recaudador, se marchó a vivir a la Decápolis, donde muchos habían creído en Isa. Algunos de sus seguidores se llamaron a sí mismos *christianos*, porque eran griegos y decían que el maestro había sido el *Christos*, el rey redentor. El más famoso fue Paulo, un fariseo que había perdido la vista mientras perseguía a los hermanos por orden de Caifás. Leví lo curó y lo tomó como discípulo. Luego Paulo empezó a enseñar por su cuenta. Nos escribió varias cartas y vino a vernos. Mariam nunca quiso recibirlo, porque hablaba en nombre de Isa sin haber conocido la enseñanza.

Felipe estuvo en Egipto, entre los hermanos de Bethshemesh. Tomás fue con él y se hicieron ambos maestros curadores. Más tarde, Tomás siguió solo el viaje y llegó hasta el reino de los etíopes. Lo recibieron entre ellos y lo trataron como su pariente, porque sus profetisas descendían del sabio Salomón. Volvió años más tarde a llevar a Felipe en busca del templo de las leyendas, donde Salomón escondiera su tesoro. Pero Felipe se había hecho viejo y no tuvo fuerzas para seguirlo. Tomás era el más joven de nosotros. Quizá viva aún.

Simón y Yago, mi hermano, siguieron a Lázaro, como casi todos los hermanos. Lo consideraban el sucesor del maestro, aunque Isa no lo había dicho nunca. Se refugiaron con él en Qumrán de las legiones que entraron en Judea. Escaparon a las montañas, después que los romanos incendiaron el monasterio y mataron a los monjes. Oí decir que cayeron los tres en el sitio de Masada, donde los últimos zelotas se quitaron la vida antes de ver esclavo a Israel. Pompeyo, el sexto hijo de la bestia, ya había destruido entonces el templo, como profetizaban los penitentes cada mes de Elul.

En cuanto a mí, cumplí con la tarea que me dio el cielo: cada día recé a los ángeles. La madre del maestro tuvo en mí a otro hijo. Mariam tuvo un esposo, a ojos de los extraños. Martha tuvo un hermano. Por los valles del norte, las traje al destierro, por los senderos que alargan la sombra de Hermón. Vinimos a esta ciudad de Éfeso, donde ha ardido desde siempre la llama de la libertad. Hicimos nuestra morada en lo alto de esta colina, en esta casa desde donde se ve el mar. José prometió que vendría en cuanto saldara sus asuntos en Israel. Tardó siete años.

Fueron años de penas y trabajos. Sin embargo, el recuerdo trae con ellos la nostalgia. Por los caminos de Israel, el sol brillaba en los escudos de los legionarios, pero aquí en Éfeso los días corrían en paz. Los pescadores del muelle me enseñaron las maniobras y las corrientes de la bahía. Martha y yo sembramos un huerto y Mariam y la madre del maestro tuvieron otra vez hilos para bordar. El niño se sentaba en el patio en medio de los ovillos y correteaba por entre los surcos. Corría también a mi encuentro, cuando yo regresaba de la ciudad.

Con el tiempo, los refugiados empezaron a buscarme a la hora de la oración. Algunos sabían del maestro y los demás querían compañía, pues no tenían costumbre de rezar solos. Más tarde vinieron también hombres de Éfeso, incrédulos y curiosos como todos los paganos. Mariam los oía hablar, bordando en su esquina del patio. Cuando se habían ido, me decía a cuáles podía instruir en la enseñanza. No habrían vuelto a subir por la colina de haber sabido que aprendían de una mujer. En eso se parecían a Paulo y a sus *christianos*.

Nos sentábamos después bajo las estrellas, como en la época en que yo le llevaba mensajes a Bethania. Me pedía que le mostrara los bajíos y los arrecifes, los rumbos de los barcos. No hablábamos del maestro. No hacía falta que lo hiciéramos. A veces me tomaba la mano, atisbando hacia la lejanía, hacia donde se enciende el lucero de Anael. Pero no era mi mano la que estrechaban sus dedos. No dejó de esperarlo ni un solo día. Tampoco yo dejé de esperar, aunque no hubiera esperanza. Nunca encontraría a otro hombre como él entre los hombres.

Algunas tardes, vuelvo a verla con el rostro contra el cielo, mientras el sol declina sobre el mar. Veo al niño corriendo por la colina, con la camisa de lino de los efesios y una vara de junco al hombro. Venía llorando ese día, porque su abuela había caído enferma. Subimos abrazados por la cuesta y se escondió detrás de mí en el cuarto donde la madre del maestro agonizaba. La enterramos al final del invierno bajo los cedros de la colina. Tampoco más tarde, cuando nos despedimos, pude mirarlo a los ojos. Se embarcaron con José de Arimatea, por la derrota de los mercaderes de Chipre. Iban rumbo a poniente, a sembrar el lirio de Israel en otros campos.

Cada tarde bajo a los muelles a mirar los barcos que se pierden en el horizonte. Los muchachos que pescaban conmigo no salen ya en las barcas. Sus hijos me ofrecen el brazo cuando tropiezo y sonríen con benevolencia cuando hablo de hacerme a la mar. A sus ojos soy Yona el Hebreo, que vino un día con su mujer y con su hijo y enterró a su madre en la colina. En los escalones del ágora, me hacen un sitio cuando el cantor relata la guerra de Israel y las batallas. Nadie repara en mí cuando me levanto y vuelvo a mi casa.

La enseñanza vive aún en el desierto, en las cuevas de Ainón, donde estuvimos juntos hace tantos años. De vez en cuando, algún hermano se acerca mendigando por el sendero y se sorprende al encontrarme aquí con Martha. El mundo que conocimos de la mano de Isa no existe ya. Pero, algún día, la paz volverá del país de Hoddu, de las montañas de Oriente adonde fue a apacentar sus rebaños. Alguien traerá de vuelta la llama de la verdad, como la trajo Moisés de Egipto y luego José. Otros tendrán oídos para oír y ojos para ver. De nosotros no quedará rastro.

Los pescadores han acabado de descargar las barcas. Algunos se apresuran hacia el ágora, pues han venido unos *christianos* de Paulo y quieren oírlos contar los milagros de Isa antes de que los soldados los echen de la ciudad. Escribo estas últimas líneas en el noveno año del reinado de Vespasiano. Por entre los cedros de la colina, ya no escucho más que la brisa, el silencio del final de la jornada. Martha me espera en el cuarto de abajo para que digamos juntos la oración. La luz se apaga.

Post scriptum

Empecé a escribir este libro hace cerca de diez años, en la Biblioteca Apostólica Vaticana. No sabía que estaba escribiéndolo, ni mucho menos imaginaba que llegaría a publicarse. Estaba viviendo en Roma con una beca de doctorado y el catedrático que me tenía a su cargo me había dado libertad para buscar un tema de tesis, junto con una carta de recomendación para la biblioteca. Cada mañana, cuando franqueaba los muros del Vaticano por la puerta de Santa Ana, me sentía adentrándome en un mundo de secretos. Sin embargo, no tenía ni la menor idea de cuáles quería averiguar. La biblioteca albergaba un fondo bibliográfico monumental, que incluía desde incunables del *Génesis* hasta tratados condenados por la Inquisición. Para consultar cualquiera de ellos había que encontrar primero su referencia dentro de un laberinto de ficheros que todavía no estaban computarizados. Estaba prohibido hacer preguntas a los ujieres que custodiaban los anaqueles.

Tardé varias semanas en orientarme dentro de las colecciones de la biblioteca. Además de los ficheros, había catálogos de las obras más antiguas, inventarios de estos catálogos e índices de índices. Un día, mientras aguardaba a que me trajeran un libro que ya no recuerdo, me llamó la atención otro que aguardaba sobre la mesa de devoluciones. Era una edición alemana de los *Evangelios apócrifos*, publicada en el siglo xviii en griego y en latín. Lo pedí en consulta y lo devolví tras constatar mis deficiencias en ambos idiomas. Volví a hojearlo de tarde en tarde, a medida que mis improbables proyectos de tesis se desdibujaban en el sopor del verano inminente. Con ayuda del diccionario conseguía seguir el latín, pero en griego, que era la lengua original de los textos, tenía que buscar cada palabra. Un día logré leer un párrafo de corrido y me emocioné tanto que cerré el libro de un golpe.

Con la llegada del verano, la beca y mis días en Roma llegaron a su fin. Durante las vacaciones renuncié a escribir la tesis, que nunca había sido más que un espejismo de libros vetustos. Para entonces me había aficionado a la lectura ocasional de los apócrifos. En los años siguientes recopilé distintas ediciones y traducciones. También releí más de una vez los relatos canónicos de Marcos, Mateo, Lucas y Juan, que habían atenuado el tedio de las clases de religión de mi infancia. Nunca dejaban de sorprenderme las semejanzas entre canónicos y apócrifos, ni las sutiles discrepancias que habían hecho de los primeros la verdad oficial de la Iglesia y de los segundos reliquias más o menos sospechosas.

En Oriente se cuenta que tres hombres entraron un día en una cueva oscura donde había un elefante. Como ninguno había visto uno de estos animales, el primero tocó una pata y dijo que un elefante era una columna, el segundo palpó la trompa y afirmó que era una manguera, y el tercero dio con una oreja y concluyó que era una alfombra. La historia del maestro espiritual que conocemos como Jesús de Nazareth no es menos elusiva que esta indagación en la oscuridad. Los evangelios canónicos abarcan tan sólo los tres últimos años de su vida, desde el bautismo en el Jordán hasta el drama de la crucifixión. Los apócrifos recogen otras facetas de sus prédicas y sus obras, pero la suma contradictoria de todos ellos arroja tantas luces como sombras. Con contadas excepciones, todos fueron redactados al menos cuarenta años después de la crucifixión por seguidores de los primeros discípulos, o discípulos de estos seguidores.

Es poco probable que estos autores hubieran conocido al protagonista de la historia. En la Palestina del siglo i, un hombre corriente vivía esos mismos cuarenta años.

Los estudios sobre los evangelios canónicos llenan bibliotecas de las más variadas confesiones. No es mi intención esbozar aquí uno más, ni menoscabar su valor doctrinal para el credo cristiano. También los apócrifos sirvieron durante siglos de fuente de inspiración a miles de fieles, antes de que el Concilio de Trento los excluyera del canon definitivo en 1546. Unos y otros, sin embargo, son ante todo composiciones literarias, concebidas para difundir una enseñanza que sus autores desconocían en diverso grado. Los relatos de Mateo y Lucas comparten numerosos pasajes idénticos, copiados de una texto anterior, conocido como la fuente Q, que no ha sobrevivido hasta nuestros días. El de Marcos, de quien también toman prestado, contiene errores topográficos impensables en un nativo de Galilea. Las referencias de los tres a «los judíos», a sus costumbres y rituales, ponen en evidencia que ninguno practicaba la fe de Jesús.

Por diversos motivos, el relato de Juan se considera una excepción dentro del conjunto de los canónicos. En tanto que Marcos, Mateo y Lucas comparten episodios e incluso frases idénticas, Juan cuenta una historia distinta, que privilegia el amor como el camino al conocimiento de Dios. Dentro de esta historia, los expertos juaninos distinguen tres textos diferentes, redactados en diferentes períodos. El más antiguo lo habría escrito, hacia el año 60, un testigo de la crucifixión que se nombra a sí mismo como «el discípulo que Jesús amó». La identificación tradicional de este discípulo con el apóstol Juan es una entre otras conjeturas. La verdadera autora del evangelio pudo ser Mariam de Magdala, su discípula más próxima, con quien compartió buena parte de sus andanzas por Israel.

Las incertidumbres en torno a Jesús de Nazareth empiezan (y, en cierto modo, terminan) con su nombre. En la novela aparece transcrito como Isa, una de las posibles aproximaciones fonéticas del arameo original. Pudo llamarse también Yeshua, Yoshua, Yashua o Yahashua, que significa «Dios es la salvación». En cuanto al gentilicio, «de Nazareth», cada vez más estudiosos coinciden en que se trata de un error de traducción. En las copias más antiguas del Nuevo Testamento no figuran las palabras *Nazarethenos* o *Nazarethaios*, que designarían en griego a alguien oriundo de Nazareth. En su lugar figuran *Nazaroeus* o *Nazoraious,* traducidos en un principio por «nazareo», que podrían derivar del hebreo *netzer*, «retoño», o *nosri*, «vigilante». El historiador judío del siglo i Flavio Josefo no incluye a Nazareth en su exhaustivo inventario de los pueblos de Galilea. De hecho, no se ha encontrado ninguna prueba documental de que, en tiempos de Isa, o Jesús, existiera una aldea llamada así.

La discusión puede parecer bizantina, pero encierra una clave importante acerca de la identidad de Isa. El epíteto de nazareo no alude en efecto a un lugar geográfico sino a una hermandad espiritual, a la que pertenecieron él y sus primeros seguidores, llamados también nazareos por sus contemporáneos. Los antecedentes de esta hermandad seglar se remontan al siglo ii a.C., cuando la gesta nacional de Israel dio origen a diversos grupos religiosos que abogaban por el retorno a las raíces del judaísmo. El lugar de reunión de la hermandad era el monte sagrado de Carmel. La Nazarah de casas blancas de la novela debió ser al comienzo un campamento de tiendas, levantadas en torno a este santuario inmemorial. Para la época de la difusión de los evangelios, el «poblado de los nazareos» se había convertido ya en una aldea establecida. Los traductores de los evangelios, lejanos en el tiempo y la geografía, presumieron entonces que «nazareo» o «nazareno» quería decir «de Nazareth».

Diversos autores han identificado a los nazareos como una rama de los esenios, una de las principales corrientes del judaísmo del siglo i. La relación entre unos y otros puede compararse con la de los calvinistas con los protestantes: todos los nazareos eran esenios, pero no todos los esenios eran nazareos. Además de Carmel, existieron otras comunidades esenias en Judea y Galilea, y también en Siria y en Egipto, donde José se refugió con su familia. La propiedad común de los bienes, la solidaridad fraternal, la creencia en la inmortalidad del alma y la oración continua en busca de Dios figuran entre los pilares de estas comunidades, junto con el rechazo al culto del templo de Jerusalén, que consideraban plagado de corrupción e influencias paganas. Flavio Josefo estima que a mediados del siglo i vivían 4.000 esenios en Jerusalén. La ciudad contaba entonces con 25.000 habitantes.

Hasta el siglo pasado, a los esenios los conocían unos cuantos historiadores interesados en las antigüedades del judaísmo. Su existencia olvidada se convirtió en noticia hacia 1950, tras el hallazgo de una biblioteca de papiros que había permanecido sepultada dos mil años junto a las ruinas del monasterio de Qumrán. El retraso en la publicación de estos documentos, conocidos popularmente como los rollos del mar Muerto, se ha atribuido a un intento del Vaticano por ocultar «la verdad sobre Jesús». La teoría de la conspiración parece excesiva, puesto que los rollos no lo mencionan ni una sola vez. Sin embargo, sí confirman coincidencias sustanciales entre su doctrina y las enseñanzas de los monjes de Qumrán, atribuidas a un iluminado anónimo conocido como el Maestro de la Justicia.

Entre los antiguos israelitas era común que un hombre o una mujer se retirara del mundo por un tiempo para consagrarse a Dios. Durante este tiempo, se mantenía casto, no comía carne ni tomaba vino, se dejaba crecer el pelo y adoptaba el nombre de *nazirita*, o «separado», otra etimología de nazareo. La posibilidad de que Isa hiciera un voto semejante en Qumrán parece refrendada por su bautismo en el Jordán, que era el rito con que culminaba este tiempo de separación. No obstante, el relato de su vida pública difícilmente encaja con el ideal ascético que, de acuerdo con los rollos, practicaban los monjes qumranitas. Era un maestro seglar, que predicaba por pueblos y ciudades, departía con paganos y viajaba acompañado de una mujer.

Los evangelios recogen el rechazo que despertaban las prédicas de Isa entre los saduceos, que dominaban el culto oficial del judaísmo. Su mensaje de tolerancia y conciliación debió suscitar también el repudio de muchos esenios, para quienes los saduceos eran ávidos usurpadores que habían profanado el templo de Jerusalén. Los fariseos, guardianes de la ortodoxia del culto, respetaban su dominio de las escrituras, pero tacharon de blasfemas sus interpretaciones de la letra de la ley. Tampoco parece que dicho mensaje haya calado entre los zelotas que abanderaban la resistencia popular contra los invasores romanos. En la segunda mitad del siglo i, esta lucha sin cuartel habría de desembocar en el sitio romano de Jerusalén y en la diáspora judía.

Los romanos arrasaron el monasterio de Qumrán en el año 68. Los esenios desaparecieron poco después de los anales de la historia. Tampoco aparecen mencionados más tarde en el *Nuevo Testamento*, en el que por contraste sí se cita a los saduceos y a los fariseos. Algunos han visto en este silencio el fruto de una pugna entre facciones para hacerse con el control de la naciente doctrina cristiana. Otros lo achacan al esfuerzo general de «desjudaizar» los evangelios, redactados para atraer a esta doctrina a un público gentil. Si volviera hoy a la vida, Isa probablemente se quedaría estupefacto al enterarse de que fundó una nueva religión. Hasta donde conocemos su historia, fue siempre un judío devoto, que impartía una doctrina universal. Tras su partida, sus discípulos más fieles continuaron llamándose nazareos. O, simplemente, seguidores del camino.

Hace cerca de un año, unos amigos que conocían mi afición por los evangelios me hicieron llegar una edición de un códice descubierto en Egipto a finales del siglo xix. Entre los textos del códice había dos fragmentos de pocas páginas, que componían un supuesto evangelio firmado con el nombre Mariam El vocabulario y la temática evidenciaban que se trataba de un texto gnóstico escrito varios siglos después de la crucifixión. Sin embargo, cerca del final del primer fragmento encontré la conversación entre Pedro y María Magdalena que figura como epígrafe de esta obra. El candor de las palabras me produjo una emoción casi infantil, junto con el hecho de que el manuscrito se truncara al cabo de unas líneas.

«Pedro dijo a Mariam:

—Hermana, sabemos que el Maestro te amó más que a las demás mujeres. Dinos aquellas palabras que te dijo y que recuerdes, que tú conoces y que nosotros no hemos escuchado.

Mariam respondió diciendo:

—Lo que no os está dado comprender os lo anunciaré».

En los últimos años, la historia de Isa el Nazareo y María Magdalena ha dado pie a un notable volumen de publicaciones más o menos sensacionalistas. Este libro, como la mayor parte de ellas, es una obra de ficción. Sin embargo, como dijo en una ocasión parecida Robert Graves, todos sus episodios están fundados en una tradición, por más tenue que ésta sea. Quizá la enseñanza de Isa sea hoy tan necesaria como en la Palestina convulsa de su época. Que el que tenga oídos y quiera oír escuche su voz en estas páginas. Que la paz sea con todos nosotros.

Índice

Planeta

España
Av. Diagonal, 662-664
08034 Barcelona (España)
Tel. (34) 93 492 80 36
Fax (34) 93 496 70 58
Mail: info@planetaint.com
www.planeta.es

Argentina
Av. Independencia, 1668
C1100 ABQ Buenos Aires
(Argentina)
Tel. (5411) 4382 40 43/45
Fax (5411) 4383 37 93
Mail: info@eplaneta.com.ar
www.editorialplaneta.com.ar

Brasil
Rua Ministro Rocha Azevedo, 346 -
8° andar
Bairro Cerqueira César
01410-000 São Paulo, SP (Brasil)
Tel. (5511) 3088 25 88
Fax (5511) 3898 20 39
Mail: info@editoraplaneta.com.br

Chile
Av. 11 de Septiembre, 2353, piso 16
Torre San Ramón, Providencia
Santiago (Chile)
Tel. Gerencia (562) 431 05 20
Fax (562) 431 05 14
Mail: info@planeta.cl
www.editorialplaneta.cl

Colombia
Calle 73, 7-60, pisos 7 al 11
Santafé de Bogotá, D.C.
(Colombia)
Tel. (571) 607 99 97
Fax (571) 607 99 76
Mail: info@planeta.com.co
www.editorialplaneta.com.co

Ecuador
Eduardo Whymper, N27-166
y Francisco de Orellana
Quito (Ecuador)
Tel. (5932) 290 89 99
Fax (5932) 250 72 34
Mail: planeta@access.net.ec
www.editorialplaneta.com.ec

Estados Unidos y Centroamérica
2057 NW 87th Avenue
33172 Miami, Florida (USA)
Tel. (1305) 470 0016
Fax (1305) 470 62 67
Mail: infosales@planetapublishing.com
www.planeta.es

México
Av. Insurgentes Sur, 1898, piso 11
Torre Siglum, Colonia Florida, CP-01030
Delegación Álvaro Obregón
México, D.F. (México)
Tel. (52) 55 53 22 36 10
Fax (52) 55 53 22 36 36
Mail: info@planeta.com.mx
www.editorialplaneta.com.mx
www.planeta.com.mx

Perú
Grupo Editor
Jirón Talara, 223
Jesús María, Lima (Perú)
Tel. (511) 424 56 57
Fax (511) 424 51 49
www.editorialplaneta.com.co

Portugal
Publicações Dom Quixote
Rua Ivone Silva, 6, 2.°
1050-124 Lisboa (Portugal)
Tel. (351) 21 120 90 00
Fax (351) 21 120 90 39
Mail: editorial@dquixote.pt
www.dquixote.pt

Uruguay
Cuareim, 1647
11100 Montevideo (Uruguay)
Tel. (5982) 901 40 26
Fax (5982) 902 25 50
Mail: info@planeta.com.uy
www.editorialplaneta.com.uy

Venezuela
Calle Madrid, entre New York y Trinidad
Quinta Toscanella
Las Mercedes, Caracas (Venezuela)
Tel. (58212) 991 33 38
Fax (58212) 991 37 92
Mail: info@planeta.com.ve
www.editorialplaneta.com.ve

Grupo Planeta   Planeta es un sello editorial del Grupo Planeta   www.planeta.es